ふるさと文学さんぽ

宮城

監修● 仙台文学館

大和書房

川端康成

●ノーベル文学賞受賞記念講演「美しい日本の私」より抜粋

雪の美しいのを見るにつけ、月の美しいのを見るにつけ、つまり四季折り折りの美に、自分が触れ目覚める時、美にめぐりあふ幸ひを得た時には、親しい友が切に思はれ、このよろこびを共にしたいと願ふ、つまり、美の感動が人なつかしい思ひやりを強く誘ひ出すのです。この「友」は、広く「人間」ともとれませう。また「雪、月、花」といふ四季の移りの折り折りの美を現はす言葉は、日本においては山川草木、森羅万象、自然のすべて、そして人間感情をも含めての、美を現はす言葉とするのが伝統なのであります。

目次

さまざまな時代に、さまざまな作家の手によって、「宮城県」は描かれてきました。
本書は、そうした文学作品の断片（または全体）を集めたアンソロジーです。また、
本書に掲載された写真作品は、すべて平間至氏によるものです。

風景

木曽谿日記

島崎藤村

なくて七癖とはよく世間にもいう通り、自分はほんのありふれたことをおもしろがり些細なことに得意がる癖がある。よろしく人の癖は笑ってやれ、自分の癖はまた笑って貰うというのも、いっそ興のあることではなかろうか。仙台に居たころ、広瀬川の眺めあるほとりに、もと酒屋の隠宅につくったという一軒建の空屋があった。都をはなれ友に別れて、草の枕を重ねた旅の身には、せめては住心地のよい家を借りて、気を落ちつけてみたいという心が起ったので、友人の池雪に相談すると、池雪も大賛成。いろ〳〵掛合って見ると、あゝして明けて置きましたところが、仕方がございませんから、それじゃお貸し申しましょう、と話がまとまって、酒屋のおかみさんや、娘がきて、掃くやら拭くやらして呉れたあとへ、池雪の家族と自分とが引越した。もと〳〵隠宅のつくりで、押入の少ないのと、新しい唐紙に名も知れぬ画工の山水を貼りつけてあるのが疵《きず》であったが、からっとして、障子を明ければすぐに河という家の位置《かまえ》であるから、客があると何もあいそのないかわりに、まず障子を明けて見せるのが、自分の得意であった。

たまく話をしても知り合はぬ仲では気心《きごころ》を疑われて、土地自慢な考に敬して遠ざけられることが多い旅の身には、池雪のこゝろやすだてが自分にうれしかった。池雪は善良な、孝心の深い、情の厚い画工で、男らしいおもばせと、滑稽をいう口元と、長く黒い髪の毛とは、ことさら若い美術家にふさわしい、池雪のきさくな、こゝろおきのないつきあいから、互に詩や画の上の物語がこの上もない二人の楽みであった。せちがらい世帯の上の苦労で池雪が心をなやましているときには、自分はラスキンの画家論などを取出して、西洋の名人の噂さに其心を慰めてみたり、また自分が旅のさびしさ苦しさに愚痴をならべはじめると、詩人シェレイの姿を摸写した大板《おおばん》の「チョオク」画をつくって、自分の気を引き立てゝ呉れた、池雪も自分も文芸の上にはちょちくあわゝの小児《こども》に過ぎない。鬼さんござれ手の鳴る方に戯れている心の若い同志だ。若いから話が合う、話が合うからおもしろい。丁度池雪も筆をおさめて、シェレイの水もしたゝる姿が出来上ったので、それを自分の好みで黒縁の額のなかに入れて見た。趣はやゝ古画の風に近いが、なか〳〵渋い出来であった。旅にきて斯《こ》ういう友と朝夕膝を交えていたのが、これも得意の一つであった。

仙台で眺めのあるのは、ことに秋だ、とりわけて空のながめが麗しい。気候が不順で、海辺に近いところであるから、雲の変化の多いことは、とても都の空に比べられない。秋の日の花やかにさすとき、黄な雲の風に吹かれて青空に消えて行く風情は、得も言われぬおもむきがある。十月の末には秋風が赤くなった柿の樹の葉を吹いて、庭に栗の落ちる音もおもしろい。東北の秋色、これも擅《ほしい》まゝに楽む自分の身には、また得意の一つであった。

三拍子揃うということは稀なのに、ましてや些細なことを得意がる自分は、たとえば下戸《げこ》の甘いものを手に入れたかのように、蔵書家の珍本を掘出したかのようであった。十月の二十四日はことに空が澄み渡って天高く風すずしい秋の日であった。丁度D氏という人が誘いにきて、一緒に散歩に出掛けた。途々自分は今の得意を思い出して、想像の色をつけて、柿の黄になって熟している樹蔭や、紅葉《もみじ》している雑木の間の畠道を歩いて、むかしからさびしいという秋のうちに楽しい趣の多いことを考えて、しかも其楽みは春の夜のように夢ばかりのあわたゞしさでなくて、静かなものだと思いながら、ぶら〳〵行くうちに広瀬川の岸へ出た。

広瀬川は清く仙台の町はずれを流れて、秋は深く瀬々にうつる明暮《あけくれ》の眺め、川のほとりに宿屋兼帯のいっそのんきな田舎気質《いなかかたぎ》な茶屋は一見亭である。紅葉をさぐりにきて、足を休めたのはこゝだ、一見亭の二階の八畳だ。

たまくの酒の上はお互、遠慮しっこなし、くずしたまえ、胡坐《あぐら》にしたまえなどいっていたのが、友は見かけ程もなく二三盃の下《くだ》りに酔ってしまった。下りといっても実は地酒、地酒といっても色は茶のようである。友は横になって酒の香を吐いていたが、欄干に倚って広瀬川の秋を眺めた。

にわかに部屋の障子が明るくなる、あゝ今秋の日が暮れるのであった。花やかな夕日の光が山から山へさし照して、秋の葉の黄ばんでいるのは紅くなり、紅いのは紫となった。川の向岸に牛の動いているのは、日暮れて牧場に帰って行くのであろう。茶屋のおもてのがやくとして、ちゃらく馬の鈴音もきこえるのは、今多勢がついた様子。勘定を済まして階子段《はしごだん》を下りると、庭の隅にきりぐすの鳴く音も聞える。

「近頃にない気休めをしたねえ。」

と道草を食う小供のようにぶらく話しながら支倉《はせくら》の家の前へくると、夕闇のおぼつかなさ、別れを告げた友の顔の巻煙草の光に照らされたのが見えた。「おや、お帰り、東京から電信がまいりましたよ。」と下女のさしだすのを受取って、とりいそいで開いて見た。

ハ、ビヤウキスグコイ

たゞ病気とばかりで様子も知れないが、おそらくは尋常のことでなかろう、なにはともあれ今夜《こよい》のうちに出掛けずばなるまい。母はまめ〳〵とした、肥った、働きずきな、きさくなたちで、その姿が目の前に浮ぶから、年よりの事とは言いながら枕についたと思われない。生憎《あいにく》池雪は写生のために二三十里もあるところへ牧畜家と一緒に出掛けて行ったあとであるから、遇《あ》って留守の間のことを頼んでゆくせきがない。もしこの場に居たならば、どんなにその親切な心を傷めてくれたろう、どんなにいろ〳〵な手つきをして電信の文面を想像してくれたろう、どんなに自身の母の病気に思合せてその動き易い眉を動かしたことだろう。「おっかさんが御病気だっていうじゃありませんか、」といって自分の部屋にはいってきたのは池雪の母親であった。池雪の母観というのは、久しく肺をわずらって、このごろはお蔭様でそれでも大きによろしい方ですと言っているものゝ、瘠せぎすな、つゝしみ深い、口の重い人で、見るもの聞くもの哀《かなし》みの種となっているのだ。「ズック」の革袋をだして、自分が手荷物をこしらえているところを、池雪の母親は見守って無言であった。女ごゝろに吾子の上を気遣って、二三日の留守にも夜は殊更もの寂しい矢先、わが母の病気と聞いたので、碌々言葉も得言はない。

がたりと唐紙につきあたって、それを引明けたのは下女だ。

「あなた、車がまいりました。」

雪洞《ぼんぼり》をつけてあがりはな迄送りに出てきて呉れたのは池雪のおばあさんで、外《はず》した釣らんぷを右の手にもってきたのは池雪の母親であった。雪洞の蠟燭の火が虫に消されたので、格子戸の外まで釣らんぷを差出して呉れたが、車に乗って停車場に向うときは、夜風がいとゞ身にしみた。

十二時四十分の夜汽車に乗って、自分はいろ〳〵な想像を胸に画きながら仙台を出発した。

『藤村全集第一巻』より　抜粋

解説

作者、島崎藤村といえば「木曽路はすべて山の中」の冒頭で知られる『夜明け前』、あるいは『千曲川のスケッチ』など信州のイメージが強い作家です。事実、生まれは信州（現在の岐阜県中津川市）、長じてからも小諸（長野県）で過ごしていた時期がありました。

しかし短期間ながら仙台で過ごした時期があったことは、あまり知られていません。東京で明治学院を卒業した後に、しばらく明治女学校高等科の教師として勤めます。しかしこのときに、教え子を愛してしまったり、文学の上で大きな影響を受けた北村透谷が自殺したりするなど、さまざまな事件が起こります。

一八九六年九月、二十四歳の作者は、東京を離れて東北学院の教師として仙台に赴任しました。

結果的にはわずか一年足らずしか勤めませんでしたが、その間、文学者として大きな足跡を残します。後に刊行される処女詩集『若菜集』に収められる詩篇がこの地で書かれたのです。「まだあげ初めし前髪の」で有名な、あの「初恋」をはじめとする詩が収められ、後に浪漫派の代表的詩集の一つにも数えられるようになる一冊です。

仙台に来た作者は、最初は駅前旅館に投宿し、すぐに支倉町《はせくらまち》の友人の家に移りました。駅の北西、現在の東北大学医学部のある付近です。それからまたすぐに、同じ支倉町でも広瀬川に臨む「田代家」に転居。このときに母が亡くなっていますから、本作に描かれているのは、この家のことでしょう。

母の死後、仙台に戻ってきた作者は、今度は仙台駅に近い「三浦屋」という宿に移ります。そして仙台を去るまでそこで過ごしながら、数々の詩を生み出しました。

　後に作者は仙台時代を振り返って、「私の生涯はそこへ行って初めて夜が明けたような気がした」と述べています。それはまた、日本の近代詩の夜明けでもあったわけです。

藤村が下宿した「三浦屋」の跡地は現在「藤村広場」になっている。地面に描かれた蝶は、『若菜集』の表紙をもとにしたもの。

島崎藤村
（しまざき　とうそん）1872～1943

長野県生まれの詩人・小説家。1897年『若菜集』で詩人として名をなす。1906年、教師を勤めるかたわら小説『破戒』を発表し高く評価され、上京して作家生活に入る。1929年連載開始の『夜明け前』は、父正樹をモデルとする主人公の生涯を描いた歴史小説で、完成までに約7年を要す大作となった。

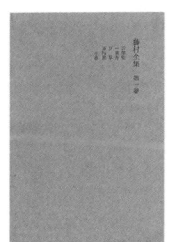

『藤村全集 第一巻』
筑摩書房／1966年

惜別

太宰治

私が東北の片隅のある小さい城下町の中学校を卒業して、それから、東北一の大都会といわれる仙台市に来て、仙台医学専門学校の生徒になったのは、明治三十七年の初秋で、そのとしの二月には露国に対し宣戦の詔勅が降り、私の仙台に来たころには遼陽《りょうよう》もろく陥落し、ついで旅順《りょじゅん》総攻撃が開始せられ、気早な人たちはもう、旅順陥落ちかしと叫び、その祝賀会の相談などしている有様。殊にも仙台の第二師団第四聯隊は、榴《つつじ》ヶ岡《おか》隊と称《とな》えられて黒木第一軍に属し、初陣の鴨緑江《おうりょく》の渡河戦に快勝し、つづいて遼陽戦に参加して大功を樹《た》て、仙台の新聞には「沈勇なる東北兵」などという見出しの特別読物が次々と連載せられ、森徳座という芝居小屋でも遼陽陥落万々歳というにわか仕立ての狂言を上場したりして、全市すこぶる活気横溢、私たちも医専の新しい制服制帽を身にまとい、何か世界の夜明けを期待するような胸のふくれる思いで、学校のすぐ近くを流れている広瀬川の対岸、伊達家三代の霊廟のある瑞鳳殿などにお参りして戦勝の祈願をしたものだ。上級生たちの大半の志望は軍医になっていますぐ出陣する事で、まことに当時の人の心は、単純とでも言おうか、生気潑剌《はつらつ》たるもので、学生たちは下宿で徹宵《てっしょう》、新兵器の発明に就いて議論をして、それもいま思うと噴き出したくなるような、たとえば旧藩時代の鷹匠に鷹の訓練をさせ、鷹の背中に爆裂弾をしばりつけて敵の火薬庫の屋根に舞い降りるようにするとか、または、砲丸に唐辛子をつめ込んで之を敵陣の真上に於いて破裂させて全軍に目つぶしを喰わせるとか、どうも文明開化の学生にも似つかわしからざる原始的と言いたいくらいの珍妙な発明談に熱中して、そうしてこの唐辛子目つぶし弾の件は、医専の生徒二、三人の連名で、大本営に投書したとかいう話も聞いたが、さらに血の気の多い学生は、発明の議論も手ぬるしとして、深夜下宿の屋根に這い上って、ラッパを吹いて、この軍隊ラッパがまたひどく仙台の学生間に流行して、輿論《よろん》は之を、うるさしやめろ、と怒るかと思えばまた一方に於いては、大いにやれ、ラッパ会を組織せよ、とおだてたり、とにかく開戦して未だ半箇年というに、国民の意気は既に敵を呑んで、どこかに陽気な可笑しみさえ漂っていて、そのころ周さんが「日本の愛国心は無邪気すぎる」

と笑いながら言っていたが、そう言われても仕方の無いほど、当時は、学生ばかりでなく仙台市民こぞって邪心なく子供のように騒ぎまわっていた。

それまで田舎の小さい城下町しか知らなかった私は、生れて初めて大都会らしいものを見て、それだけでも既に興奮していたのに、この全市にみなぎる異常の活況に接して、少しも勉強に手がつかず、毎日そわそわ仙台の街を歩きまわってばかりいた。仙台を大都会だと言えば、東京の人たちに笑われるかも知れないが、その頃の仙台には、もう十万ちかい人口があり、電灯などもその十年前の日清戦争の頃からついているのだそうで、松島座、森徳座では、その明るい電灯の照明の下に名題役者《なだいやくしゃ》の歌舞伎が常設的に興行せられ、それでも入場料は五銭とか八銭とかの謂わば大衆的な低廉《ていれん》のもので手軽に見られる立見席もあり、私たち貧書生はたいていこの立見席の定連《じょうれん》で、これはしかし、まあ小芝居の方で、ほかに大劇場では仙台座というのがあり、この方は千四、五百人もの観客を楽に収容できるほどの堂々たるもので、正月やお盆などはここで一流中の一流の人気役者ばかりの大芝居が上演せられ、入場料も高く、また盆正月の他にもここに浪花節とか大魔術とか活動写真とか、たえず何かしらの興行物があり、この他、開気館という小ぢんまりした気持のいい寄席が東一番丁にあって、いつでも義太夫やら落語やらがかかっていて、東京の有名な芸人は殆どここで一席お伺いしたもので、竹本呂昇の義太夫なども私たちはここで聞いて大いにたんのうした。そのころも、芭蕉の辻が仙台の中心という事になっていて、なかなかハイカラな洋風の建築物が立ちならんではいたが、でも、繁華な点では、すでに東一番丁に到底かなわなくなっていた。東一番丁の夜のにぎわいは格別で、興行物は午後の十一時頃までやっていて、松島座前にはいつも幟《のぼり》が威勢よくはためいて、四谷怪談だの皿屋敷だの思わず足をとどめさすほど毒々しい胡粉《ごふん》絵具の絵看板が五、六枚かかげられ、弁や、とかいう街の人気男の木戸口でわめく客呼びの声も、私たちにはなつかしい思い出の一つになっているが、この界隈には飲み屋、蕎麦屋、天ぷら屋、軍鶏《しやも》料理屋、蒲焼、お汁粉、焼芋、すし、野猪、鹿の肉、牛なべ、牛乳屋、コーヒー屋、東京にあって仙台に無いものは市街鉄道くらいのもので、大きい勧工場もあれば、パン屋あり、洋菓子屋あり、洋品店、楽器店、書籍雑誌店、ドライクリーニング、和洋酒缶詰、外国煙草屋、ブラザア軒という洋食屋もあったし、蓄音機を聞かせる店やら写真屋やら玉突屋やら、植木の夜店もひらかれていて、軒並に明るい飾り電灯がついいて、夜を知らぬ花の街の趣を呈し、子供などはすぐ迷子になりそうな雑沓《ざっとう》で、それまで東京の小川町も浅草も銀座も見た事の無い田舎者の私なんかを驚嘆させるには充分だったのである。いったいここの藩祖政宗公というのは、ちょっとハイカラなところのあった人物らしく、慶長十八年すでに支倉六右衛門常長を特使としてローマに派遣して他藩の保守退嬰《たいえい》派を瞠若《どうじゃく》させたりなどして、その余波が明治維新後にも流れ伝っているのか、キリスト教の教会が、仙台市内の随処にあり、仙台気風を論ずるには、このキリスト教を必ず考慮に入れなければならぬと思われるほどであって、キリスト教の匂いの強い学校も多く、明治文人の岩野泡鳴というひとも若い頃ここの東北学院に学んで聖書教育を受けたようだし、また島崎藤村も明治二十九年、この東北学院に作文と英語の先生として東京から赴任して来たという事も聞いている。藤村の仙台時代の詩は、私も学生時代に、柄でもなく愛誦したものだが、その詩風には、やはりキリスト教の影響がいくらかあったように記憶している。このように当時の仙台は、地理的には日本の中心から遠く離れているように見えながらも、その所謂《いわゆる》文明開化の点においては、早くから中央の進展と敏感に触れ合っていたわけで、私は仙台市街の繁華にたまげ、また街の到るところ学校、病院、教会など開化の設備のおびただしいのに一驚し、それからもう一つ、仙台は江戸時代の評定所《ひょうじょうしょ》、また御維新後の上等裁判所、のちの控訴院と、裁判の都としての伝統があるせいか、弁護士の看板を掲げた家のやけに多いのに眼をみはり、毎日うろうろ赤毛布の田舎者よろしくの体で歩きまわっていたのも、無理がなかった、とまあ、往時の自分をいたわって置きたい。
私はそのように市内の文明開化に興奮する一方、また殊勝らしい顔をして仙台周辺の名所旧蹟をもさぐって歩いた。瑞鳳殿《ずいほうでん》にお参りして戦勝祈願をしたついでに、向山《むかいやま》に登り仙台全市街を俯瞰しては、わけのわからぬ溜息が出て、また右方はるかに煙波渺茫《えんぱびょうぼう》たる太平洋を望見しては、大声で何か叫びたくなり、若い頃には、もう何を見ても聞いても、それが自分にとって重大な事のように思われてわくわくするもののようであるが、かの有名な青葉城の跡を訪ねて、今も昔のままに厳然と残っている城門を矢鱈に出たり入ったりしながら、われもし政宗公の時代に生れていたならば、と埒《らち》も無い空想にふけり、また、俗に先代萩《せんだいはぎ》の政岡の墓と言われている三沢初子の墓や、支倉六右衛門の墓、また、金も無けれど死にたくも無しの六無斎林子平《ろくむさいはやししへい》の墓などを訪れて、何か深い意味ありげに一礼して、その他、榴ヶ岡、桜ヶ岡、三滝温泉、宮城野原、多賀城址など、次第に遠方にまで探索の足をのばし、とうとう或る二日つづきの休みを利用して、日本三景の一、松島遊覧を志した。

『太宰治全集7』より　抜粋

解説

作者は太宰治。ただここで「私」として登場しているのは、作者本人ではありません。東北地方のある村の開業医が、若い頃を振り返って書いているという設定になっています。

彼が入学したのは、仙台医学専門学校、後の東北大学医学部でした。時代は折しも日露戦争の最中。「日本の愛国心は無邪気すぎる」と「周さん」なる人物が語った一節が登場しますが、この周さんこそ誰あろう、中国近代文学の父とも称される魯迅その人なのです。

今回抜粋した部分の最後で、主人公は松島遊覧に向かいます。そこで同じく仙台医学専門学校の学生であった魯迅に出会い、その後交流を深めてゆきます。

その頃の魯迅については、自身が書いた「藤野先生」という作品が本書にも収められているので、そこでの解説に譲るとして、ここでは作者が描き出した仙台の風景に注目してみましょう。

作者自身はよく知られたように津軽（青森県）の出身で後に上京しているため、仙台に住んだことはありませんでした。またこの作品が刊行されたのは一九四五年のことですから、明治時代の様々な描写は、過去を想像して書いたということになります。

しかし作者は、この執筆に祭し、仙台を訪れて詳細な調査を行っています。東北帝国大学で仙台医学専門学校についての歴史調査を、さらに当時の仙台の様子を河北新報社の資料から調べ上げたと述べています。

確かに一読すると明治時代の仙台の街の活気がありありと伝わってきます。仙台座・松島座・森徳座といった名が登場していますが、こうした芝居小屋、劇場が街中にはたくさんありました。芝居に活動写真、寄席といった様々な興行があちこちで観られたようです。

　現在でもこの街が「楽都仙台」として音楽や芸能が盛んなのは、そうした環境に根ざしているともいえるでしょう。

1890年から、1945年の仙台大空襲まで南町通りに建っていた仙台座。

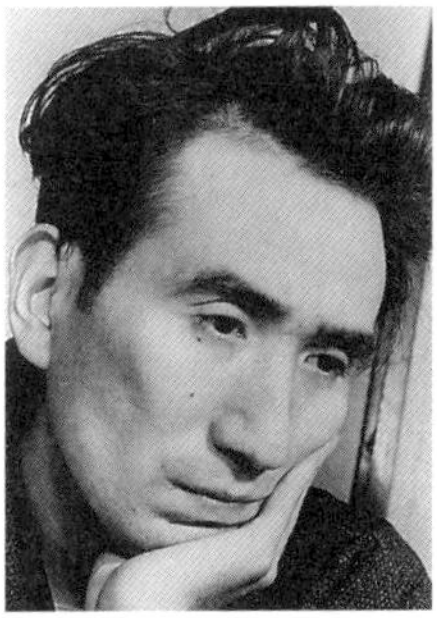

太宰治

(だざい　おさむ) 1909 ~ 1948

青森県生まれの小説家。大地主の六男で、1930年、東京帝国大学(現在の東京大学)に進学。この頃井伏鱒二を尋ね師事する。『走れメロス』『津軽』『斜陽』などの作品を次々に発表し脚光を浴びるが、その間薬物中毒や自殺未遂を繰り返した。1948年『人間失格』発表。遺作となった『グッド・バイ』執筆中に入水した。

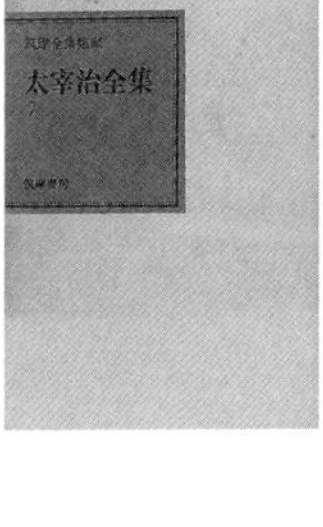

『太宰治全集7』
筑摩書房／1976年

暮らし

青葉繁れる

井上ひさし

夏休みまでの一週間は、狐のおばさんの指導で、全員で英語台本を一日に二回ずつ、それも初めから終りまで、読ませられた。なにしろ暑いし、英語は苦手だし、稔たちは気が狂いそうになった。

しかも、稔たちが期待していた二女高生との心あたたまる交流などは始まる気配もなかった。狐のおばさんは、稔たちが席につくときも、一高生と二女高生を厳しくわけへだてるのである。しかも帰りは二女高生を引率して校門を出るのだ。

同じ空腹に耐えるにしても眼の前に御馳走があるかないかでずいぶん苦しさがちがうだろう。稔たちのは御馳走が鼻先にぶらぶらしているという第一級の苦しみだった。四人は毎日はぁはぁと切なく息をつきながら、お預けを喰った犬のように地獄の日々を送った。噂によれば狐のおばさんは二女高の風紀部長だとかで、それも「学校始まって以来もっとも有能な」という折紙付きなのだそうだ。

（おれたちはよっぽどついてないんだっぺ）

と稔は「有能な」という形容詞を呪った。そして、この責め苦の発端となった俊介の「英語劇は東京で流行《はや》っているんだよ」という発言も呪った。

不思議なことに俊介だけは涼しい顔をして英語台本の読み方に専心していた。俊介にはなにか勝算があるのかもしれない、それだけを頼みの綱、ただひとつのはかない望みにして、稔たちはこの辛い一週間をどうやらこうやら乗り切った。

夏休みに入って、台本を片手に立ち稽古がはじまった。俊介が一段と活き活きしてきた。演出家の俊介はロミオの俊介に情熱的な演技をさせた。たとえば原作では第一幕五場、稔たちのダイジェスト版では第二景の舞踏会の場で、ロミオは初対面でありながら、いきなりジュリエットをかき抱くのだ。俊介のロミオは、いつか駅のプラットホームで米軍高官の飼犬の尻に飛びついた元少佐の愛犬みたいな、なんだかひどく焦り気味のロミオのように稔たちには思われる。

そんなとき、さすがにひろ子もすこしたじろいで、躰をわずかに後へ引く。すると俊介がいらいらして叫ぶのだ。

「若山くん！　まだ、きみは役になり切ってない！」

稔たちが感心もし、また心から羨ましくも思ったのは、俊介にひとことそういわれると、ひろ子が素直に従うことだった。しかも例によってモナリザのように微笑しながら。

もっとも、こういうときは必ずといってよいほど狐のおばさんの待てしばしが入る。

「渡部くん、やはり初対面のロミオとジュリエットが抱擁し合うというのは行き過ぎじゃありませんか？　シェイクスピアはこの個所のト書を、take Juliet's hand とはっきりと書いていますよ。つまり『ジュリエットの手を取って』とね」

俊介は堂々と反論を展開する。

「ロミオはジュリエットに運命的なひと目惚れをしたのです。このすこし前でロミオは『あの娘を見失うな、あの手に触れ、このいかつい手に祝福を与えてやるのだ。この胸は既に恋を知っていたはずではないか？　目よ、否と答えるがいい！　まことの美というものを、俺は今の今まで知らずにいたのだ』とじつに激しいことをいっています。この胸は既に恋を知っていたはずではないか……いい台詞ですねぇ」

「そりゃもうシェイクスピアですもの」

「こんな台詞を吐いた男が、手をとるだけで満足できますか」

「でもシェイクスピアがト書にちゃんと……」

「シェイクスピアは作者にすぎませんよ、先生、演出家はぼくなんです。ぼくはスタニスラフスキイ・システムで演出しています。スタ・システムではここですでに二人は抱き合うべきだと思うがなぁ」

ここで狐のおばさんは狐に鼻をつままれたような顔になる。

「そのスタ……なんとかっていうのはなんのことですか」

「いま一番新しくていま一番流行っている演技理論ですよ。日比谷の演劇部の顧問をしていた先生から教わったんです」

「日比谷の先生がねぇ……」

狐のおばさんは自信なさそうに床に目を落す。シェイクスピアのト書と日比谷の燦たる名前の間でうろうろ迷っている様子が、稔たちにもはっきりと見てとれるほどだ。そこで俊介はこう声高なひとりごとを言って狐のおばさんの気持を楽にしてやる。

「シェイクスピアが生きていたら、きっとこの演出を支持してくれると思うんだけど……」

彼女はほっとして言う。

「じゃ、そうしましょうか」

つまり、シェイクスピアと日比谷の両方へ義理が立ったので彼女はほっとするわけなのだ。

……俊介はこうやって有能な風紀部長の見ている前で『ロミオとジュリエット』を、清冽な青春劇からすこしずつ濃厚な愛欲劇へ変えて行った。

八月に入って稽古が十日ほど休みになった。この地方には旧暦七夕を盛大に飾る慣わしがあり、それにひっかけた中休みだった。

「……後半の稽古の間に、ぼくとひろ子はロミオとジュリエット以上の間柄になるだろう」

五人で繁華街の七夕を見物に出かけたとき、俊介が稔たちに自信たっぷりにこう宣言した。

「嘘じゃないぜ」

「ひろ子の方が俊介に恋い焦れているって証拠はなにかあんのすか？」

と稔が訊いた。

「あるさ。ひろ子はぼくの言うことにはすべて大人しく従うだろう？　ぼくが好きだからこそぼくの言うことをきいてくれるんだ」

「おめえが演出家だからでねぇのすか」

とユッヘが言った。どうしてもそんなことは信じたくない、という口吻《くちぶり》だった。

「演出家は関係ないよ。ぼくたちはプロじゃない、たかが高校演劇だ、それほど演出家に力なんかないぜ。手を握られたり抱かれたりするのがほんとうにいやだったら、狐のおばさんの口を通じてでもなにか言ってくるはずだろう？　なのにだまって手を握らせ、抱かれてくる。ということは……、わかるだろう？」

俊介は七夕の紙飾りのトンネルの下を、かわるがわる片足で軽く飛び跳ねながら歩いて行く。日本に何十万人の高校生がいるか知らぬが、俊介はおそらくそのなかで最も仕合せな高校生だろうな、と稔はその後を見ながら思った。そして、最も不仕合せな高校生のなかに自分たち四人がいるのだろう……

「おれはどうしても信じられねぇのっしゃ」

ユッヘがしつっこく俊介に喰いさがった。

「たしかにひろ子は俊介の言うごとよく聞く。だけっともそういうときひろ子はいつも薄ら笑い浮べてるんでねぇすか。あの薄ら笑いは好きな男に見せる笑いじゃねぇように思うのっしゃ」

「薄ら笑いなんて汚い言葉を使うな」

ユッへを視《み》る俊介の眼が怒っていた。

「あれは微笑というんだぜ」

「それでな、俊介……」

こんどはジャナリが訊いた。

「ひろ子の手さ触った感じはどんなだっぺ」

「うん、いつも汗ばんでいるな。だからすっと吸いついてくるような感じ……」

うわーっ、えーなぁ！

稔たちはどたどたと高足駄《たかあしだ》で地面を踏み鳴した。七夕の見物人たちが驚いて振返った。

「そんで、ひろ子の抱き心地はどうだっぺ」

デコが赤ん坊を抱く仕草をして問う。

「そうだなぁ、重いような軽いようなへんな感じだ、ぼくも夢中だからよくわかんないよ」

また四人のうわーっとどたどたどた。

「ただ、いい匂いがする。牛乳みたいな匂いだ」

また四人のうわーっ、牛乳という囃《はや》し声。

デコが七夕飾りの竿にぶら下って、おお、ひろ子ちゃん、ひろ子ちゃん、なんであんたはひろ子ちゃん、と叫んだ。竿が倒れ、デコも稔たちも落ちてきた紙飾りの中に埋まり転んでしまった。商店の中から「一高生だか二高生だか知らんけっとも、おだつのはいい加減にしろ！」と怒鳴る声がした。

首をすくめながら起きあがり俊介はと見ると、彼だけは七夕の竿の下敷きになるのは免れてゆっくりと先へ歩いて行く。

七彩の色紙のトンネルが、アメリカ映画のショー場面で主役が登場するとちかちかと光る電飾電球のように、俊介の後姿を飾り立て、さやさやと風に鳴る紙の音は、これもまた主役の登場を引き立てるファンファーレのようだった。

稔はユッへたちと竿を元のように立てながら、あいつはやはり生れつきツイているんだろうなと思った。女子高生はあいつに寄って行き、災難はあいつを避けて通る。それにひきかえ自分たちはといえば、災難に言い寄られ、女子高生には避けて通られる、話にもなにもなりはしないのだ。

八月中旬に稽古がまた始まったが、愕《おどろ》いて腰を抜かすようなことが、五人を、とくに俊介を待っていた。いつもは高い所から眺めおろすようにしてなにか粗《あら》はないかしらという風に昂然と食堂へ入ってくる狐のおばさんが、面目次第もございませんといった感じで小さくなって現われ、

「若山ひろ子が退学いたしました」

と言ったのだ。眼鏡たちがくすりと笑ったのは、前もってそのことを知っていたからだろう。

「これもわたくしの監督のいたらぬせいで……」

狐のおばさんはハンカチでしきりに汗を拭った。化粧をしないのが彼女の主義で、こういうとき、汗をいくら拭っても白粉の剥げる心配がない。だから彼女はごしごしと顔をハンカチで擦った。

一高生たちはあまり突然なので声も出ないでいる。この秋から一高軒は経営不振になるだろうな、と考えながら稔は俊介の様子を盗み見た。俊介はすっかり蒼褪めていた。

「若山ひろ子は林長三郎一座に入ってしまったのです」

七夕を当て込んで、三日ほど、町の大映封切館へ、戦前からの大スター林長三郎が『一本刀土俵入』を持って来ていたのを、稔も知っていた。しかし、あんな大スターの劇団へ女子高生がそう簡単に入座を許されるものだろうか。それともなにか縁故《こね》でもあったのか。

「彼女は三日間、朝から夜まで楽屋口へ坐っていたそうですよ。どうしても女優になりたい、一座に入れてもらうまでは動かない、と言ってね」

狐のおばさんは稔の疑問を察したわけでもないだろうが、間合いよくそう言った。

「このことは彼女から直接に聞いたことですから確かです。じつは彼女は退学届を持ってわたくしに逢いに来ましてねぇ」

「若山くんは……なにかぼくに、いや、ぼくたちに言っていきましたか?」

すこし吃《ども》りながら俊介が訊いた。稔たちが横板に餅なら、俊介は立板に水だ、その彼が吃っているのはよほど動揺しているのだろう。

「別になにも」

「手紙とかそういうものは？」

「ありません」

大きな物音を立てて俊介が机に伏せた。

稔が二十数回観た『虹を摑む男』でも、また『天国と地獄』や『牛乳屋』でも、ダニケイ映画の結末はきっと決っていた。ダニケイが悪漢どもをやっつけ、恋人ヴァージニア・メイヨと接吻するところへエンド・マークが出るのがきまりだった。だが、稔は打ち萎《しお》れている俊介を眺めているうちに、ダニケイが悪漢どもにさんざん痛ぶられ、ヴァージニア・メイヨを悪漢のボスに奪われるというのが結末のダニケイ映画を観たような気分になり、何回も首を振った。

（……そんなことはあっちゃならないことなのっしゃ）

それから、稔はひろ子のあの謎のような微笑はなんだったんだろうと考えた。たぶん稔たちと一緒にいるときでも、彼女の心は休まずにどこか遠くの未来を視ていたのだろう。

（……つまりっしゃ、俊介もおらだちも、まともに相手にされていなかったんではねぇのすか）

そんなことをぼんやり考えていた稔に、狐のおばさんの俊介を励ます声が聞えてきた。

「若山ひろ子がいなくなったために、あなたの演出プランがかなりの痛手を受けただろうということは、わたくしにもよくわかります。でも俊介さん、元気をお出しなさい」

元気なんか出るものか。稔は心の中で叫んだ。痛手を蒙《こうむ》ったのは俊介の演出プランじゃなくて俊介自身なんだからな。

「それに俊介さん、他にもジュリエットをやれる人はたくさんいますよ。たとえば、わたくしの考えでは……」

狐のおばさんは眼鏡のほうを見た。

「彼女のジュリエットなんかどうかしら。彼女は成績も優秀です。きっと理知的なジュリエットになりますよ」

俊介はきょとんとして眼鏡を見ていた。理知的なジュリエットなんて、炊きたての冷飯、痩せぎすの肥《ふと》っちょ、見上げるような小男、前途洋々の老人、抜群の不成績、一匹狼の大群、何千何万という四十七士、傾国の醜女、不親切な人情家みたいなものだ。だれだってきょとんとするだろうと、稔は俊介に同情した。

どういうわけかこのとき、一高の女形が恥かしそうに手で口を覆いながら、

「おれのジュリエットは駄目だっぺか？」

と名乗り出たので、あちこちから笑い声があがった。不精髭の生えたジュリエットよりは理知的なほうがまだましだと思ったのだろう、俊介は眼鏡のほうに顔を向けて渋々と頷いた。

……こうして稽古は再開された。当然のことながら俊介の演出はがらりと変った。ひろ子がジュリエットだったころは、よくいえば情熱的な、悪くいえばさかりのついた犬のようなロミオを演じていた俊介が、ひどく冷淡で無情になった。眼鏡が寄ってくれば逃げる、迫れば躱《かわ》す、手を差し伸べれば振り払う、抱きついてくれば突き飛ばす。演技中はメガネを外している眼鏡がそのたびにうろうろした。前がよく見えないのだ。

そんな様子を眺めるたびに、稔はいつも『ロミオとジュリエット』という題を、たとえば『倦怠期のロミオと近目《ちかめ》のジュリエット』というふうに改めたほうがよくはないか、と思った。狐のおばさんは俊介のいやいやながらのロミオを見るたびに、かつて俊介がひろ子に対してしたと同じように、こう叫んだ。

「俊介くん、どうしたのですか。あなたはまるで役になり切っていないじゃありませんか！」

『青葉繁れる』より　抜粋

解説

作者は一九三四年山形県に生まれました。五歳で父を失い、十五歳のときに母の仕事の都合で仙台にある児童養護施設（現在のラ・サール・ホーム）に預けられました。

十八歳で上京するまで、多感な青春時代を過ごしたのが仙台だったといえます。この作品は、当時、仙台第一高等学校に通っていた頃の様子を半自伝的に描いた小説といわれます。

宮城県仙台第一高等学校、通称「仙台一高」は、一八九二年に宮城県尋常中学校（旧制中学）として誕生した歴史ある学校です。一方、主人公たちが憧れる「二女高」は宮城県第二高等女学校。

仙台には戦前から多くの学校があり、「学都仙台」と称されてきました。作者が高校生であった当時は、高校では男子校である一高・二高、女子校である一女・二女・三女が存在していました（後に共学化）。バンカラな男子学生たちが闊歩していたようですが、この主人公たちはバンカラよりも青春の悩ましさに溢れていたようなところがあります。

タイトルの「青葉繁れる」は、楠木正成を歌った「大楠公の歌」の冒頭歌詞と同じですが、主人公たちの青春を象徴しているかのようです。そして「青葉」とはまた、仙台城の別名である「青葉城」、あるいはその城が位置する青葉山にもかけているのでしょう。

さらに「青葉区」という区名や、五月に行われる「仙台・青葉まつり」の名でも判るように、青葉といったら仙台なのですね。

その青葉区にある「仙台文学館」の初代館長は、作者その人でした。作者の死後、この「青葉繁れる」をはじめとする三万枚の自筆原稿が遺族によって仙台市に寄贈され、文学館に収蔵されています。過ごした時期はわずかでも、作者が仙台を愛していたことがよく判ります。

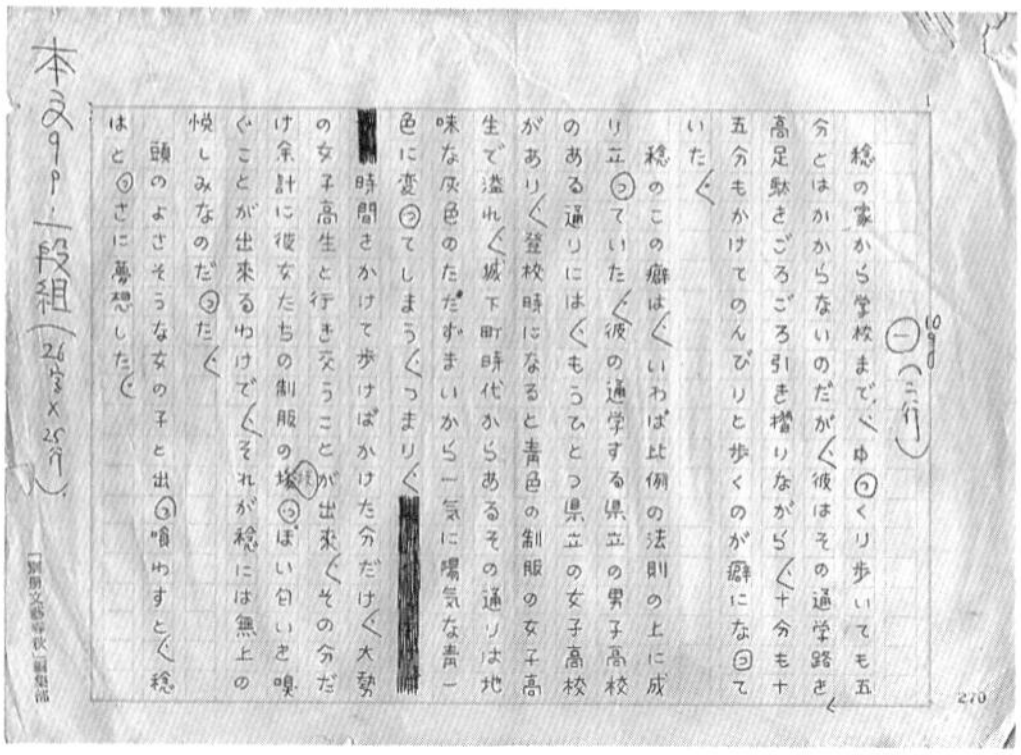

本文9P・一段組（26字×25行）

一（二行）

稔の家から学校まで、ゆっくり歩いても五分とはかからないのだが、彼はその通学路を高足駄をごろごろ引き摺りながら、十分も十五分もかけてのんびりと歩くのが癖になっていた。

稔のこの癖は、いわば比例の法則の上に成り立っていた。彼の通学する県立の男子高校のある通りには、もうひとつ県立の女子高校があり、登校時になると青色の制服の女子高生で溢れ、城下町時代からあるその通りは地味な灰色のただずまいから一気に陽気な青一色に変ってしまう。つまり、[redacted]

[redacted]時間さかけて歩けばかけた分だけ、大勢の女子高生と行き交うことが出来、その分だけ余計に彼女たちの制服の紺っぽい匂いを嗅ぐことが出来るわけで、それが稔には無上の悦しみなのだった。

頭のよさそうな女の子と出っ喰わすと、稔はとっさに夢想した。

【別冊文藝春秋】編集部

270

仙台文学館に収蔵されている、『青葉繁れる』の直筆原稿。

井上ひさし

（いのうえ　ひさし）1934～2010

山形県生まれの作家。上智大学在学中より浅草の劇場でアルバイトを始め、やがて戯曲やシナリオを書くようになる。1964年から山元護久と共に連続人形劇「ひょっこりひょうたん島」の台本を手がけ一躍有名に。1972年、小説『手鎖心中』で直木賞を受賞。1983年こまつ座を創設し多数の戯曲作品を残した。

『青葉繁れる』
文藝春秋／1973年

七夕竹

相馬黒光

夏は、思い出す七月七日、仙台の七夕まつりといえば、お国自慢の一つで、いまもこの行事は年々盛んに行われています。

竹林から選んで切った露ながらの竹に結いつける品々は、紙の着物、紙の袴、紙の羽織、糊と糸とでまとめるのですが小さな雛形ではなくて、いずれも実物大、これは娘たちが、お裁縫の手が上るようにと願いをこめて七夕様にお供えする。小さい子は、「紙くずかご」といって、白い紙で、網目の細長いふくろをつくり、それに七夕紙の五色の裁ちくずを美しく詰めてつるす。吹流しをつける。竹で骨を組んで色紙を張って、桃や西瓜や野菜の形をつくり、夜になるとそれに蠟燭を入れて灯す。仙台には婦人経営の裁縫学校が非常に多いのですが、それらの学校や大きな仕立屋の七夕まつりの華やかさは、ただの遊びではない、技芸上達のための真剣なおまつりだという気持があった。殊に繁華な商店街は軒並に七夕笹の派手を競うて、竹は両側からアーチ形に乗り出し、道行く人の顔や背に吹流しがからみつく、いたずらな男の子がそれをよいことにして挘《むし》って歩くなど、七夕の夜のおもいでは、北国のようにもない即興的なたのしいものを残しています。

盆の十六日は、今の西公園の藤棚の周囲に、赤い長襦袢《ながじゅばん》の女の子や揃いのゆかたの若い男女が輪をつくって、盆踊りに夜を更かす。どんな歌をうたったか、文句はおぼえていないけれど、音頭の節のかわりめに来ると、踊り子が声を揃えて何とかいう、多勢の呼吸の合ったそこの拍子がおもしろくて、例の通りやって見たくなり、家へ帰って真似をしたら母にひどく叱られました。

盆火《ぼんび》も仙台のは大がかりでした。家ごとに薪を井桁《いげた》に高く組み上げ、火を点ける。焔は高く上り、火は天に映えて美しい。広瀬川では灯籠ながしが行われました。お施餓鬼《せがき》の幾百と知れぬ灯籠は、あちらの岸、こちらの瀬と、流れにまかせて明滅し、美しいけれど何となく悲しい気持、こうした幼年の日に私を魅したいろいろの火は、いまも仙台の子供たちを同じように魅惑するでしょう。ツルゲーネフの作中でしたか、ロシヤの少年たちが夏の草刈りの頃、夜露にぬれつつ、赤々と燃え上がる焚火を囲んで、話に夢中になるところがありました。

火の神秘はどこの子供にも同じとみえます。

祭礼のおもいでもあるけれど、これは多分に回顧的で、子供よりも大人の方が感激しました。それは五月二十四、五、両日の青葉神社の大祭で、仙台では一番のおまつり。青葉様は伊達政宗公を祀ったもので、御輿は市中目ぬきの街々を渡御《とぎょ》し、後には昔ながらの大名行列がつづく、さきはらいの声にはじまり、行列の順序正しく、鎧甲冑に身を固めた武者行列となって、荘重な陣太鼓の音、遠くからドーンドーンとその陣太鼓が聞えてくると、見物人の中からは自然に咳払いが起り、皆が姿勢を直してしずまる。

日頃は深窓にある奥様たちも、昔の名残《なご》りの屋敷に籠って町家との交通をせぬ士族の家の者も、この日ばかりは青々と眉を剃り、鉄漿《かね》をつけ、出入りの者の二階などに請じられて、小暗いれんじ格子の内からこっそり見物します。私の祖母、母なども例の仏師屋に招かれて、しみじみと行列を眺め、華やかなりし封建時代を想起して、感慨無量、祖母も母もそっと眼をぬぐうのを、小さい私は見のがさなかった。どうして涙が出るのだろう、何故これが悲しいのだろうと、考えてもそれは子供にはわからぬ気持でありました。

『相馬愛蔵・黒光著作集5 広瀬川の畔』より

解説

作者は一八七五年（明治八年）、旧仙台藩士の家に生まれました。結婚後、夫の相馬愛蔵と共に東京で小さなパン屋を営みます。やがてこのパン屋は「新宿中村屋」として和洋菓子からカレー、中華まんなどで名を馳せる大手食品メーカーへと育つのです。

そんな作者が、少女時代を過ごした仙台を振り返って綴ったのがこの随筆です。仙台を代表する行事といえばなんといっても「七夕」でしょう。「仙台七夕」といえば、現在では「東北三大祭り」の一つに数えられるほど、盛大な行事となっています。七夕行事の始まりは古く、伊達政宗が奨励したという説もありますが、定かではありません。もとより七夕は、全国各地で行われる行事であり、その目的の一つに「技芸の上達を願う」ということがありました。

これは中国で七月七日に行われた「乞巧奠《きっこうでん》」から来ています。乞巧奠とは、まさに巧みになることを乞う祭り。特に女性が裁縫や技芸の上達を願う行事だったのです。だからこそ筆者が見ていた七夕は、紙の着物を竹に結いつけたり、五色の裁ちくずを飾ったりしていました。

また七夕は、日本では盆とも結びついて考えられていました。旧暦ではどちらも七月の行事であり、一週間後に迎える盆の準備をする日ともされています。そのため、心身を清めるために水を浴びるといった風習も見られ、仙台でも広瀬川に笹竹を流すとともに水を浴びたという伝えも残っています。

しかし作者の少女時代は、七夕が廃れていた時期だともいわれます。一九二七年（昭和二年）、商家が中心となって華やかな飾りを復活させました。戦争でそれも一度中断しますが、戦後すぐに再び復活し、以後は観光色の強い祭りへと発展していったのです。

仙台七夕祭りでは、華やかな竹飾りがアーケード街をうめつくす。

相馬黒光

（そうま　こっこう）1875〜1955

宮城県仙台市生まれの随筆家。1891年に宮城女学校に入学するが、退学。その後横浜のフェリス女学校（現在のフェリス女学院）を経て明治女学校に転校し1897年卒業。20歳で相馬愛蔵と結婚する。1901年には、東京本郷に中村屋（現在の新宿中村屋）を開業した。

『相馬愛蔵・黒光著作集5 広瀬川の畔』
郷土出版社／1996年

秋の夜の酒

木俣修

あめつちに秋気がみちわたり、夜風に肌の寒さを覚えるようになると、年配の酒徒たちの中には今もなお若山牧水の「白玉《しらたま》の歯にしみとほる秋の夜の酒はしづかに飲むべかりけり」という歌を胸に思いうかべ、あるいはそれを微吟しながら杯を傾ける人も少なくはないであろう。明治の末になされた若い日の牧水の酒徒としての感傷の歌が歳月を越えてなおあわれを呼ぶのは「秋」という季節のもつ哀感と日本の酒そのものの持つ香気とがいみじくも融合して、こころある人々の胸を浸すからであろうか。生涯酒の歌を何百となした牧水を私は直接知ることがなかったから、その酒の座の真実のすがたがどんなであったのかを語るよすがもない。

半世紀ほどの間に接した文人・詩歌人の中で酒徒といわれる何人かの酒の座のすがたのなかで、私のもっとも忘れることのできないのは土井晩翠翁のそれである。

古い話であるが、私は昭和六年に仙台の師範学校の教師となってその地に赴いた。その学校のある北六番町には、軒を並べて第二高等学校があって、晩翠翁はそこの英語の教師をしていた。当時仙台では碩《せき》学・文人的学匠たちが東北大学に大勢教えていたが、私はまず晩翠翁にまみえたいと思った。二十歳なかばの無名青年では面会を求めるつてもないままに、思いついて北原白秋の門人であることを名のって、学校の教授室に訪ねたのであったが、翁はこころよく会ってくれ、都合のよい時は家に来いということであった。

北鍛冶町のその家は質屋の父君の営んだ豪壮な邸で、広大ないくつもの室に東西古今の蔵書がつまっていたが、どの室にも人の気はなく、暗いかげりのようなものがたちこめていた。次々と子息、令嬢を病気で喪い、夫人に病まれているとのことだったから、暗いかげりはそうしたことから来ているのではなかろうかと、沈痛なその面持から来る印象も加わって、私はその歴史的老詩人に深く同情した。

翁は広い畳敷のひと間に、自ら酒を運んできて、白面の青年をもてなしてくれ、私の臆面もないさまざまな質問に応じて静かに語ってくれた。自らも杯をあげ、それにつれて、ようやく語気にも熱を帯びてくるというおもむきであった。それからあと、学校にその助手をつかわせて、「今夜やってこないか」などというメモのような紙片をよこしてくれたりして、しばしばその晩酌の相手をするようになった。

秋の夜であった。私は着流しのままの翁を連れだし、東一番町あたりを遊歩して、とあるカフェに入った。胸に白いエプロンをした女給たちが一斉に「先生、しばらく」などといって集まってきた。翁は日本酒を酌みながら、女給たちの乞いをいれてかの「荒城の月」を微吟しはじめた。——「天上かげはかはらねど／栄枯はうつる世のすがた／うつさんとてかいまもなほ／ああ荒城の夜半の月」——その四聯をみなうたい終わると、女給たちは手をたたいた。翁は面上微《かす》かに笑いを浮かべたと思うとすぐに真顔にかえって杯をほした。私は翁の胸に去来するものはその詩にある「栄枯はうつる世のすがた」さながらではなかろうかと思うと何ともいたたまれない思いになり、翁を抱えるようにして外に出た。そして夜風の身に沁む中を円タクを拾って邸に送り届けた。

二、三年のあと私は仙台を去ったのであるが、これが翁と永遠の別れになってしまった。秋の夜の酒ということになると、私もすでに老残の身、時あって翁のかの日の姿がうそうそと思い浮かんできて何ともやりきれない思になることがある。

『飲食有情』より

解説

歌人にして文学博士である木俣修が、若かりし頃に宮城師範学校の教員として仙台に赴いた際のエピソードとして、この作品は描かれています。

師範学校の隣にある第二高等学校の教師をしていたのが、詩人である英文学者の土井晩翠でした。ちなみに「土井」は、元来は「つちい」でしたが、後年本人が「どい」に改めたとされています。

晩翠が生まれたのは、現在の仙台市青葉区。後に自らが勤めることになる二高（当時は第二高等中学校）に進み、さらに帝国大学（現在の東京大学）で英文学を学びます。

帝大を卒業して間もなく、処女詩集『天地有情』を発表。その二年前に、当時仙台で教員をしていた島崎藤村が『若菜集』でデビューしており、二人ともに脚光を浴びる存在となりました。

この作品では、晩年の晩翠がカフェで「荒城の月」を吟じる様子を描いていますが、その詩を詠んだのは、明治三十一年、東京の郁文館中学の教師をしていた頃のことでした。その後、公募によって滝廉太郎の曲がつけられ、あの名曲が誕生します。

「荒城」がどこを指すのかについては、諸説があります。作曲をした滝は、幼少期を過ごした大分県竹田市の岡城をイメージしたと言われますが、晩翠は故郷の仙台城（青葉城）と二高生の頃訪れた会津若松の鶴ヶ城を思い出して描いたといいます。

仙台の語源も諸説ありますが、一般的には青葉山にあった城が「千代城」であり、これを伊達政宗が「仙台城」に改めたとされています。「荒城の月」の中に「千代の松が枝分け出でし」という一節があるのは、仙台を示しているのだとも受け取れます。

晩翠の最晩年、仙台城址に「荒城の月」詩碑が建てられました。晩翠の命日である十月十九日には、詩碑の前で「荒城の月」の大合唱が行われています。

仙台城の本丸跡。仙台城は、2003年夏に国の史跡に指定された。

木俣修

（きまた　おさむ）1906～1983

滋賀県彦根市生まれの歌人。東京高等師範学校国文科卒業。北原白秋に傾倒し、新浪漫主義を実践。戦後、桑原武夫らによる現代短歌への批判を肯定的に受け止め、現代的なものへの改革に尽力した。歌集に『高志』『去年今年』などがある。

『飲食有情』
日本経済新聞出版社／1979年

かむろば村へ

いがらしみきお

第2話●ジヌ

え!?
後藤さん。
トーキの社長。
ウノデンさん。
平間さんも。
や…
やめて。
助けてください。

ぎゃ〜〜
ばっ

はーー
また
あの夢かよ。
銀行辞めたって
結局見るんだ
なぁ。
うっ。
げほ
げほ
囲炉裏の煙で
ノド痛い……
くん
くん
くん
くん
くっせ〜〜
オレ全身
スモークの
臭いする。
人間燻製
かよ、
げえ〜〜〜
がた
がた
よお、
どうだ、
よっく眠れだが？
あっ、
おはようござい
ます。
いや〜〜
やっぱ寒くて。
あ〜〜
火消さねえで
寝だろ。
囲炉裏消さねば
ノド痛めんだよ。
ほれ朝飯、
バスん中で
食えや。
あ…

あ〜〜〜今日は田植えでしたね。
う…げほげほ。
ほれ、うしろの人は飯田さんど工藤さん。
ペこ
ども、高見武晴です。
あははは
おめを田んぼで下ろしたら、オレはこの人らを町の病院さ送って行ぐんでな。
タケ、
おめ免許は？
ごほっ
タケ？
ありますけど、ペーパーです。
百姓やんのにクルマねえんではな。
中古でいいがら軽トラ買えよ。
いや、いりません。
オレカネ使いたくないんで。
んだがらよ、カネ一銭も使わねえでどうやって生ぎで行ぐんだよ。
百姓よりホームレスになれや。
あははは

おおーーっ
オレの田んぼ。
おめのでねえべよ。
家買った佐々木さんがら借りだんだろが。
げほげほ
ま…そうですが。
ばばばば
タケ、おめの先生来たど。
ぼっぼっ
早坂三好さん、みよんつぁんだよ。
ぼっぼっ
百姓のごどだったらなんでも聞げ。
この佐々木さんの田んぼもずくっとみよんつぁんが見でだんだがら。
高見です、よろしくお願いします。

あんだ
その靴で
やんの？
あっ。
おめ、
長靴ぐれえ
買えや。
あのオレ
ハダシでやれ
ませんか？
それ履げ。
んでは
みよんつぁん
よろしぐ。
え？

まっ、こんな感ずで植えで行ぐのさ。
ざりざり
あんだ田植機使ったごどあんの？
げほげほ
あっ、いや。
去年やった体験農場の時は稲刈りだったんで…
それとオレ、田植機買えないんで手で植えたいんスけど。
手植え？
オレはな、明日は別な田植えあんのさ。
んだがら、ここは今日中に全部植えねばなんねえの。
いや、植え方教えてもらえればオレ一人でやります。
ここと向こうと5面でしょ。
いや6枚だけど、
やんの？
やりますよ。
村長が貸してくれたこのでっかい長靴のためにも。

ずっぷり
カしゃっ
あっ、神様。
え〜と中西さん。
中西でねえよ、なかぬっさん。
オレのほんとの名前は中主よ。
おめえジヌ一銭も使わねえで生ぎで行ぐんだって?
ジヌ?
あっあ〜〜オカネのことですか。
ごほごほ
え〜〜ま〜〜はははは。

ごぼぼぼぼ
ごぼごぼ
どぷ

う……
はっ。
がばっ
ぽと
バガタレ おめえカゼだべよ。
えれえ熱だど。
10
え!? じゃあの咳はカゼだったのか。
カゼぐれえわがっぺよ。
まあ早ぐ帰れや。
あ…ブルーシートでくるんである。
がさがさ
これ神様が、
なかぬっさんが?
あっ

田植え全部終わってる。

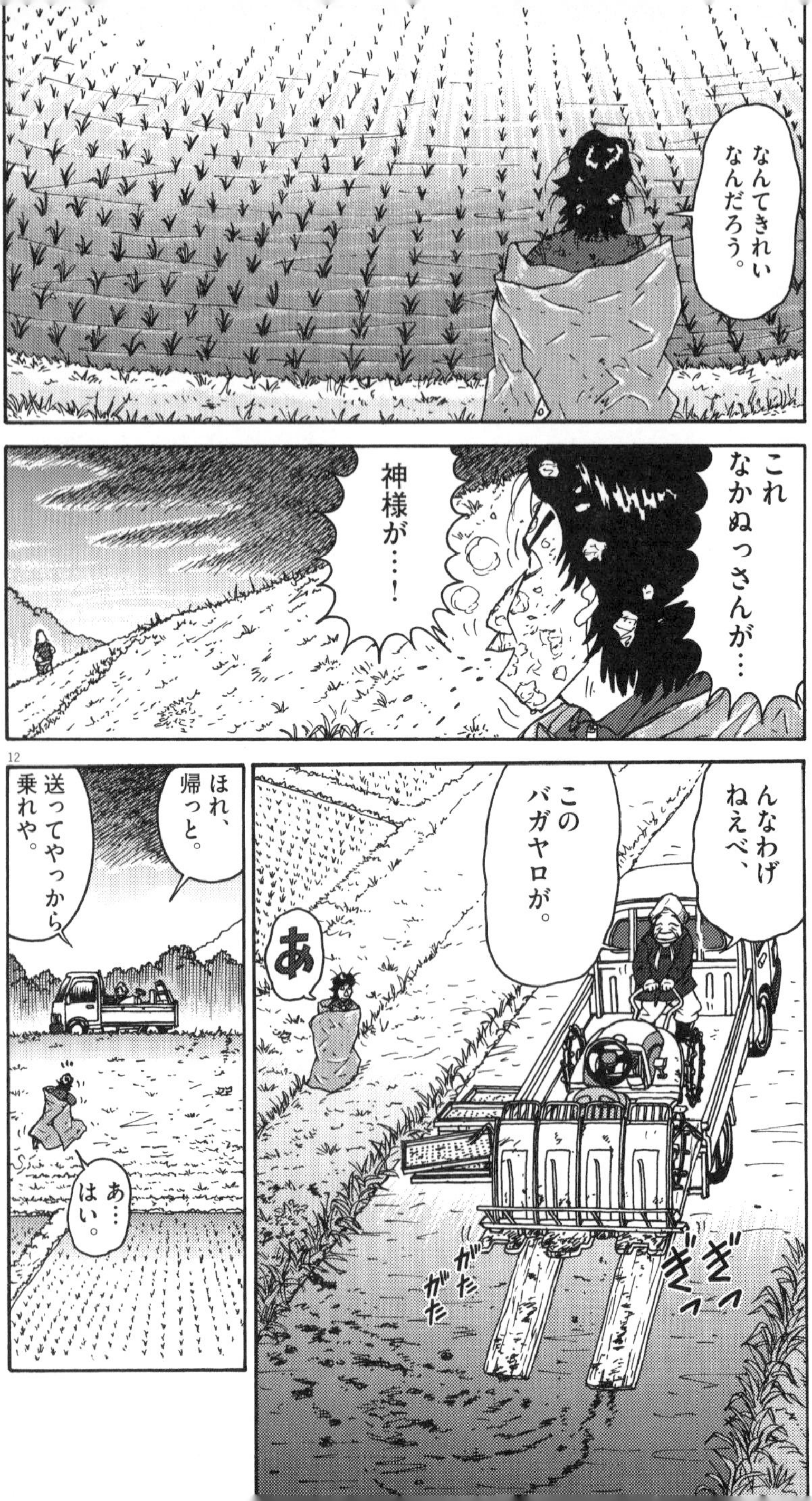
なんてきれいなんだろう。
これなかぬっさんが…
神様が…！
12
んなわけねえべ、
このバガヤロが。
あ
ぎっ ぎっ
がた がた
ほれ、帰っと。
送ってやっから乗れや。
あ…はい。

解説

主人公高見武晴は、もともと銀行マンとして東京で働く青年でした。ところがいつしかお金に触れることにアレルギーになってしまい、当然ながら銀行をリストラされてしまいます。

それならば、お金を使わない暮らしをすればいい。そう奮起した彼は、東北地方の小さな村に家を買って移り住みます。さらに水田を借り受け、農業を始めるのですが……。

かむろば村というのは架空の地名で、モデルの村があるのかどうか定かではありません。ただ作者は仙台市在住、そして宮城県加美《かみ》郡の旧中新田町、現在の加美町出身です。加美町は、仙台市の北に位置し、山形県と境を接する地域。もしかしたら、そのあたりの風景が反映しているのかもしれません。

宮城県は、西側が奥羽山脈に遮られていますが、南北に見ると北から伸びてきた北上山地が牡鹿半島で海に落ち、南から伸びてきた阿武隈山地も仙台の南で終わっています。それゆえに仙台周辺には、山と海とに挟まれた平野部が広がっているのです。

気候も温暖で、冬でも雪は少ないために、稲作には適した土地だといえるでしょう。特に仙台の北方、仙北平野と呼ばれる栗原・登米周辺は広大な稲作地帯で、ササニシキなどのブランド米を生み出しています。

ただし、この平野から西に向かうと、奥羽山脈が立ちはだかり、加美町はそうした場所にあります。このあたりに来ると、冬期にはかなりの積雪があり、隣接する大崎市の鳴子温泉などは、まさに豪雪地帯として知られています。

ただ、そんな山間部であっても、以前から稲作を行ってきたようです。山麓や谷間にある小さな田を、人々は慈しみ育ててきました。かむろば村の水田も、もしかしたらそうした歴史を背負った田なのかもしれません。

そういえば、大崎市の西端には、「禿岳《かむろだけ》」という名の山があります。「かむろば」と何か関係があるのでしょうか。

いがらしみきお
（いがらし　みきお）1955～

宮城県加美町生まれの漫画家。1979年「'80 その状況」でデビュー。1988年に『ぼのぼの』で第12回講談社漫画賞青年一般部門を受賞する。同作はテレビアニメ化、劇場アニメ化された。その後もジャンルにとらわれない作品を数多く発表し、幅広い層のファンを獲得している。

『かむろば村へ 1』
小学館／2007年

藤野先生

魯迅
訳●竹内好

東京も格別のことはなかった。上野の桜が満開のころは、眺めはいかにも紅《くれない》の薄雲のようではあったが、花の下にはきまって隊伍を組んだ「清国留学生」の速成組がいた。頭のてっぺんに辮髪をぐるぐる巻きにし、そのため学生帽が高くそびえて富士山の形になっている。なかには辮髪をほどいて平たく巻きつけたのもあり、帽子をぬぐと油がぴかぴかで若い女の髪形そっくり、これで首のひとつもひねれば色気は満点だ。

中国留学生会館は玄関部屋で本を少しばかり売っていたので、たまには立ちよるのも悪くなかった。午前中なら奥の洋間で休むこともできる。だが夕方になると、きまってその一間の床板がドシンドシン地響きを立て、ほこりが部屋じゅう濛々《もうもう》となる。消息通にきいてみると《あれはダンスの稽古さ》という答えだ。

では、ほかの土地へ行ってみたら？

そこで私は、仙台の医学専門学校へ行くことにした。東京を出て間もなく、ある駅に着くと「日暮里《にっぽり》」とあった。なぜか今でもその名をおぼえている。次におぼえているのは「水戸」だけ、これは明《みん》の遺民、朱舜水先生が客死された地だ。仙台は市ではあるが大きくない。冬はひどく寒かった。中国人の学生はまだいなかった。

物は稀なるをもって貴しとなすのだろう。北京の白菜が浙江へ運ばれると、赤いひもで根元をゆわえて果物屋の店頭にさかさに吊され、もったいぶって「山東菜」とよばれる。福建に野生する蘆薈《アロエ》が北京へ行くと、温室へ招じ入れられて「竜舌蘭」という美称が与えられる。私も仙台でこれとおなじ優待を受け、学校が授業料を免除してくれたばかりでなく、職員たちが食や住の面倒まで見てくれた。最初は監獄のそばに下宿した。冬に入ってかなり寒くなってても蚊がまだたくさんいるので、しまいに私はふとんを全身に引っかぶり、頭と顔は服でくるみ、ふたつの鼻の穴だけを息するために出しておいた。この絶えず息する場所だけは蚊も食いつきようがないので、やっとゆっくり眠れた。食事も悪くなかった。ところがある先生が、この下宿は囚人の賄いも請負っているから、こんなところにいるのはよくないと何度も何度も勧告した。下宿屋が囚人の賄いを兼業しようと私には無関係と思ったが、せっかくの好意を無にはできず、適当な下宿をほかに探すことにした。こうして監獄から離れた場所に移ったが、お蔭で毎日喉を通らぬ芋がらの汁ばかり飲まされた。

以後、多くの先生にはじめて接し、多くの新鮮な講義を聞いた。解剖学は教授ふたりの分担だった。最初は骨学である。はいって来たのは色の黒い、痩せた先生で、八字ひげをはやし、眼鏡をかけ、大小さまざまな書物を山のようにかかえていた。卓上に書物をおくなり、ゆっくりした、節をつけた口調で学生にこう自己紹介した——

《私は藤野厳九郎というもので……》

うしろのほうで数人が笑い声を立てた。自己紹介のあと、かれは日本における解剖学の発達史を説き出した。大小さまざまな書物は、この学問に関する最初から今日までの文献だった。最初の数冊は糸とじであり、中国での訳本を翻刻したものもあった。新しい医学の翻訳にしろ研究にしろ、かれらは決して中国より早くはない。

うしろのほうにいて笑った連中は、前学年に落第して原級に残った学生で、在校すでに一年、いっぱしの消息通である。かれらは新入生に教授それぞれの来歴を説明してくれた。それによると、この藤野先生は服の着方が無頓着で、ネクタイすら忘れることがある。冬は古外套一枚で顫《ふる》えているので、あるとき汽車に乗ったら車掌がスリと勘ちがいして、乗客に用心をうながしたそうだ。

その話はたぶん嘘ではあるまい。げんに私も、かれがネクタイをせずに教室にあらわれたのを一度見たから。

一週間たって、たしか土曜日のこと、かれは助手に命じて私をよばせた。研究室へ行ってみると、かれは人骨とたくさんの切りはなされた頭蓋骨――当時かれは頭蓋骨の研究中で、のちに本校の雑誌に論文がのった――に囲まれていた。

《私の講義、ノートが取れますか？》とかれは訊ねた。

《どうにか》

《見せてごらん》

私は筆記したノートをさし出した。かれは受け取って、一両日して返してくれた。そして、今後は毎週もってきて見せるようにと言った。持ち帰って開いてみて、私はびっくりした。同時にある種の困惑と感激に襲われた。私のノートは、はじめから終りまで全部朱筆で添削してあり、たくさんの抜けたところを書き加えただけでなく、文法の誤りまでことごとく訂正してあった。このことがかれの担任の骨学、血管学、神経学の授業全部にわたってつづけられた。

遺憾ながら当時の私は一向に不勉強であり、時にはわがままでさえあった。今でもおぼえているが、あるとき藤野先生が私を研究室へ呼びよせ、私のノートから一枚の図をとり出した。下膊の血管の図だ。それを指さして、かれはおだやかに言った――

《ほら、きみはこの血管の位置を少し変えたね――むろん、こうすれば形がよくなるのは事実だ。だが解剖図は美術ではない。実物がどうあろうと、われわれは勝手に変えてはならんのだ。いまは私が直してあげたから、これからは黒板に書いてある通りに写すんだね》

だが私は内心不服だった。口では承知したが心では思った――

《図はやはりぼくの描き方のほうがうまいですよ。実際の形態ならむろん頭でおぼえてます》

学年試験のあと私は東京へ行ってひと夏遊んだ。秋のはじめに学校にもどってみると、すでに成績が発表になっていた。百人あまりの同級生中、私はまん中どころで落第はせずにすんだ。今度の藤野先生の担当は解剖実習と局所解剖学だった。

解剖実習がはじまって一週間くらいすると、かれはまた私を呼んで、上機嫌で、いつもの節をつけた口調でこう言った——

《じつはね、中国人は霊魂を敬うと聞いていたので、きみが屍体解剖をいやがりはしないかとずいぶん心配したよ。まずは安心した、そんなことがなくてね》

しかしかれは、たまに私を困らせることもあった。中国の女は纏足《てんそく》しているそうだが、くわしいことがわからない、と言って、どんなふうに纏足するのか、足の骨はどんなふうに畸《き》型《けい》化するか、などと私に質問し、それから嘆息した。《やはり一度見ないとわからんね、どんなふうになるのか》

ある日、学生会のクラス幹事が私の下宿へ来てノートを見せてくれと言った。出してやると、ぱらぱらめくっただけで、持ち帰りはしなかった。かれらが帰るとすぐ郵便配達が来て、分厚な手紙をとどけた。あけてみると、文面の最初の一句は——

「汝、悔い改めよ！」

たぶんこれは新約聖書の一句だが、最近トルストイによって引用されたものだ。時あたかも日露戦争、ト翁はロシアと日本の皇帝にあてて公開状を書き、冒頭にこの一句を使った。

日本の新聞はその不遜をなじり、愛国青年はいきり立ったが、実際はそれと知らずに早くからかれの影響を受けていたのだ。あとにつづく文面は、前学年の解剖学の試験で、藤野先生がノートに印をつけてくれたので私には出題がわかり、だから点が取れたといった意味だった。末尾には署名がなかった。

そこではじめて数日前のことを思い出した。クラス会を開く通知を幹事が黒板に書いたとき、最後に「全員漏レナク出席サレタシ」とあって、その「漏」の字の横にマルがつけてあった。そのときマルはおかしいなと感じはしたが気にとめなかった。それが私への当てこすりであること、私が教員から出題を漏らされたという意味だとはじめて気がついた。

私はそのことを藤野先生に知らせた。私と仲のいい同級生数人も憤慨して、いっしょに幹事のところに行き、口実を設けて人のノートを検査した無礼をなじり、検査の結果を発表するように要求した。結局、この噂は立消えになったが、するとこんどは、幹事が八方手をつくして例の匿名の手紙を回収しにかかった。最後に私からこのトルストイ式書簡をかれらにもどして幕になった。

中国は弱国であり、したがって中国人は当然に低能だから、自分の力で六十点以上とれるはずがない、こうかれらが疑ったとしても無理はない。だが私はつづいて、中国人の銃殺されるのを参観する運命にめぐりあった。第二学年では細菌学の授業があって、細菌の形態はすべて幻灯で映して見せるが、授業が一段落してもまだ放課にならぬと、ニュースを放映してみせた。むろん日本がロシアとの戦争で勝った場面ばかりだ。ところがスクリーンに、ひょっこり中国人が登場した。ロシア軍のスパイとして日本軍に捕えられ、銃殺される場面である。それを取りまいて見物している群衆も中国人だった。もうひとり、教室には私がいる。

《万歳！》万雷の拍手と歓声だ。

いつも歓声はスライド一枚ごとにあがるが、私としては、このときの歓声ほど耳にこたえたものはなかった。のちに中国に帰ってからも、囚人が銃殺されるのをのんびり見物している人々がきまって酔ったように喝采するのを見た——ああ、施す手なし！　だがこの時この場所で私の考えは変った。

第二学年のおわりに私は藤野先生を訪ねて、医学の勉強をやめたいこと、そして仙台を離れるつもりだと告げた。かれは顔をくもらせ、何か言いたげだったが、何も言わなかった。

《ぼくは生物学を学ぶつもりです。先生に教わった学問はきっと役に立ちます》私は生物学をやるつもりなど毛頭なかったが、落胆ぶりを見かねて、慰めるつもりで嘘をついた。

《医学として教えた解剖学など生物学にはあまり役に立つまい》かれは嘆息した。

出発の数日前、かれは私を家に呼んで写真を一枚くれた。裏に「惜別」と二字書いてあった。そして私の写真もと乞われたが、あいにく手もちがなかった。あとで写したら送ってくれ、それから折にふれ手紙で近況を知らせてくれ、とかれは何度も言った。

仙台を離れたあと、私は何年も写真をとらなかったし、不安定な状態がつづいて、知らせても失望させるだけだと思うと手紙も書きにくかった。年月がたつにつれてますます書きにくくなり、たまに書きたいと思っても容易に筆がとれなかった。こうして現在まで、ついに一通の手紙、一枚の写真も送らずにしまった。あちらからすれば梨のつぶてのわけだ。

だがなぜか私は、今でもよくかれのことを思い出す。わが師と仰ぐ人のなかで、かれはもっとも私を感激させ、もっとも私を励ましてくれたひとりだ。私はよく考える。かれが私に熱烈な期待をかけ、辛抱づよく教えてくれたこと、それは小さくいえば中国のためである。中国に新しい医学の生まれることを期待したのだ。大きくいえば学術のためである。新しい医学が中国に伝わることを期待したのだ。私の眼から見て、また私の心において、かれは偉大な人格である。その姓名を知る人がよし少いにせよ。

かれが手を加えたノートを私は三冊の厚い本にとじ、永久に記念するつもりで大切にしまっておいた。不幸にも七年前、引っ越しの途中で本の箱がひとつこわれ、なかの書物が半分なくなり、あいにくこのノートも失われた。探すように運送屋を督促したが返事がなかった。だがかれの写真だけは今でも北京のわが寓居《ぐうきょ》の東の壁に、机のむかいに掛けてある。夜ごと仕事に倦んでなまけたくなるとき、顔をあげて灯のもとに色の黒い、痩せたかれの顔が、いまにも節をつけた口調で語り出しそうなのを見ると、たちまち良心がよびもどされ、勇気も加わる。そこで一服たばこを吸って、「正人君子」たちから忌みきらわれる文章を書きつぐことになる。

十月十二日

『魯迅文集 第二巻』より

解説

本書に収められた太宰治の『惜別』は、仙台に留学していた魯迅のことを描いた小説でした。今度は魯迅その人が、仙台留学時代を回顧した随筆です。

作者である魯迅は中国の小説家にして思想家。代表作『阿Q正伝』では、革命によって中華民国が誕生する時期の小さな村を舞台に、阿Qという最下層の男の悲惨な末路を描き出しました。この小説は当時の中国における社会問題を描写しており、その後中華人民共和国を起ち上げる毛沢東にも支持され、中国人民に広く読まれるようになります。やがて作者は、「中国近代化の父」などとも称されるようになりました。

そうした発端となったのが、この作品に登場する「中国人の銃殺されるのを参観」したことにあったようです。もちろん投影された画像だったわけですが、中国人が銃殺される光景を中国人たちが取り巻いて見ているというシーンに大きなショックを受けました。

「この時この場所で私の考えは変った」、そう述べているように、この後作者は医学の勉強を断念して仙台を離れます。けれども国家や主義主張の問題とは別に、学問を通した人間同士の深い信頼関係を、作者は大切にしたかったのでしょう。

そのような意味でこの作品は、当時仙台医学専門学校(現在の東北大学医学部)の教授であった藤野厳九郎に対するオマージュともいえます。その後藤野はといえば、一九一六年に仙台医専を辞し、東京で一年あまり病院勤めをした後、郷里の福井県に帰って医者として過ごしました。この「藤野先生」が発表された後も、作者と再会することはなく、一九四五年に亡くなっています。

作者が授業を受けていた仙台医専の教室は、今でも東北大学片平キャンパス内に残されており、時おり中国から見学者が訪れているそうです。

仙台市博物館の中庭にある魯迅の胸像。左端には石碑も見える。

魯迅

（ろ　じん）1881～1936

中国浙江省紹興市生まれの文学者・思想家。1902年、官費留学生として来日。医学を志し仙台医学専門学校（現在の東北大学医学部）に学んだ。しかし、日露戦争中に中国人が処刑されるスライドを見たことなどから文学に志を変えた。帰国後、『狂人日記』『阿Q正伝』をはじめ数多くの作品を発表した。

『魯迅文集 第二巻』
筑摩書房／1976年

自然と気候

五色沼

水上不二

冬はかがやく五色沼、
すべれスケート、
雪のなか。

なにを北風、
むかひ風、
空のおもての青葉城。

冬はぼくらのオリムピア、

すべれスケート、
雪のなか。

赤いセーター、
黒いシャツ、
すぐに消えてく銀のすぢ。

雪がふる、ふる、五色沼、
スケート・スケート、
まつしくら。

『水上不二さんの詩』より

クグナリ浜

水上不二

あるけば砂が鳴るのです。
はしれば砂が歌うのです。
ミヤギ県オオシマ村の東の岸、
この二〇〇メートルばかりの
クグナリ浜が、
世界でもめずらしい場所の
一つなのです。

ゴビさばくで、マルコ・ポーロが

聞いたたいこの音、
アラビアのさばくのあくまの
ささやき、
エジプトのシナイ半島のカネガ丘、
砂がことをひくシマネ県のコトガ浜、
サハラさばくの砂の歌。

地球の砂のきょうだいが、
わたしたちに用意した音楽のくつ、
この鳴り砂のふしぎを、
歌い砂のひみつを、
だれでしょう、
大きく円をえがいて、

さっきから、はだしで
かけまわっているのは。

『水上不二詩ワールド』より

解説

五色沼といえば、福島県の裏磐梯が有名ですが、この作品で言っているのは、かつての仙台城の堀。現在は、青葉山公園の池となっています。

小さな池ではありますが、ここが日本におけるフィギュアスケート発祥の地とされています。定かではありませんが、明治後期にアメリカ人が子どもたちに教えたとも、第二高等学校のドイツ語教師が生徒に教えたともいいます。もっとも現在では温暖化のためなのか、厚い氷が張ることはなくなり、スケートを楽しむこともできなくなってしまいました。

一方、クグナリ浜というのは、「十八鳴浜」と書き、気仙沼市大島にある美しい砂浜を指しています。詩人であり童話作家でもある作者は、生まれ故郷のこの地を深く愛していました。

詩でうたわれているように、この浜は「鳴砂」（「なりすな」とも「なきすな」とも）であることで有名です。鳴砂はその名の通り、歩くとクックックッと音をたてます。砂の中に石英などが多く含まれていると、砂粒同士がこすれあって音をたてるのだといいますが、そうした砂浜は限られた地域にしか存在しません。

気仙沼市では十八鳴浜の対岸に九九鳴き浜があり、ともに天然記念物に指定されました。おもしろいのはその名で、踏むとクックッと鳴るので「九九鳴き浜」、その九と九とを足すと十八なので「十八鳴浜」。

宮城県内では、ほかに女川町の夏浜、小屋取浜が知られています。いずれも鳴砂の浜であること自体、透明度の高い海水と美しい砂浜であることを物語っています。

二〇一一年（平成二十三年）の東日本大震災では、津波によって多くの瓦礫がこれら鳴砂の浜にも押し寄せました。しかし砂浜は生き残り、いまなお人が訪れるたびにクックックッと音をたてています。

水上不二

（みずかみ　ふじ）1904～1965

宮城県気仙沼市生まれの詩人・童話作家・作詞家。水産学校卒業後、代用教員として各地を転々としたのち、正教員の資格を得て上京、小学校で教壇に立つ。1930年、処女詩集『私の内在』を自費出版。児童雑誌『赤い鳥』などに投稿するようになる。1937年童謡詩誌『昆虫列車』を創刊し、児童文学の分野で活躍する。

『水上不二 詩ワールド 』
阿部印刷 出版部／2005年

『水上不二さんの詩』
ポエム・ライブラリー　夢ぽけっと／2005年

金華山風光

石川善助

空観

どこを叩いても固い花崗岩、
掌《て》をなめてゐた蠅はどこへ行つた。
金華山、円錘形の頂で、
生きものは私といふ一点。
夕日は黄いろい　あとむに消えて、
島島、天に破墨を描く
海山の大きい景観《ながめ》に坐つて、

きーんと耳を鳴らしてゐる。

皺だつ波の青いかげ、
自然の寂しい磁力を恐れる。
芒の哀れな冠毛に揺らぐ
何ものにかく焦心する。
感情《おもい》は急にぐるりと転《まわ》され、
ぞつと、寒慄《さむけ》……
全細胞に満つるは血か、何か、
私はああ空《くう》に薄れてしまふ。

『亜寒帯』より

解説

金華山《きんかさん》は、石巻市の牡鹿《おしか》半島の先端に浮かぶ島です。島全体が黄金山《こがねやま》神社の神域となっていて、神社以外には予約時のみ開かれる民宿が一軒あるのみ。住んでいるのは、神社の職員だけという島です。もっとも人間以外に、神使である鹿が三百〜七百頭、猿は二百五十頭程度生息しているといいます。

由緒によれば、黄金山神社が開かれたのは奈良時代のこと。折しも大仏建立で黄金が必要とされていた際に、陸奥の国から黄金が献上されました。それ故に金山毘古《かなやまひこ》・金山毘賣《かなやまひめ》の両神を、金華山の地に祀ったのが創建だと伝えられています。

明治の神仏分離以前は、修験道の山伏たちが籠もる霊場として名を馳せていました。山形県の出羽三山、青森県の恐山とともに、東北三大霊場の一つに数えられています。

また金華山は、弁財天（弁才天）の信仰でも有名です。弁財天は七福神の紅一点としてもお馴染みですが、元来はヒンドゥー教に伝えられる河の神さま。それゆえ水に関わる場所に祀られることが多く、漁師たちの信仰を集めました。金華山は、島自体が洋上での目印になることもあって、近在の漁師たちはこぞって参拝に訪れたといいます。加えて、弁財天は財福の神さまでもあります。漁師のみならず、多くの参拝客が島を訪れました。

そんな歴史をもつ島の頂に、この詩の作者はいるのでしょうか。仙台に生まれ、一九三二年に三十一歳で不慮の死を遂げた詩人は、寒々とした風の中でこの詩を詠んでいるかのようです。親交のあった高村光太郎は、作者の詩を評して「寒さが充満していた」と述べていますが、この作品を通してもその感覚が伝わってきます。

「夕日は黄いろい　あとむに消えて」の「あとむ」とは、原子という意味なのでしょう。黄色い夕日が原子の粒のようになって消えてゆく様を表しているようです。

石川善助

(いしかわ　ぜんすけ) 1901～1932

宮城県仙台市生まれの詩人。幼少期より歩行の困難を抱える。仙台市立仙台商業学校在学中から詩作を始める。呉服店、出版社など様々な職に就きながら詩作を続けた。1932年には淀橋角筈(現在の東京都新宿)にあった草野心平宅の2階に移る。その年の6月、飲酒後、線路脇の側溝に転落。31歳の若さでその生涯を終えた。

『亜寒帯』
原尚進堂／1936年

タロヒツンツラ

スズキヘキ

タロヒ　ツンツラ
ハネオリロ　ソレ
キカイタイソデ
ハネオリロ

タロヒ　ツンツラ
テガイタイ　ソレ
ガマンシテルガ
テガイタイ

タロヒ　ツンツラ
メヲクッタ　ソレ
ハネルツモリデ
メヲクッタ

タロヒ　ツンツラ
ハネオリロ　ソレ
ミンナ　チャリント
ハネオリロ

『スズキ ヘキ童謡集』より

解説

タロヒとは氷柱のこと。軒先に下がる氷柱が寒さにじっとしているように見え、元気を出して飛び降りてみろという気持ちでうたったのでしょう。「メヲクッタ」というのは、「見送った」です。こうした方言や訛りを混ぜ込み、カタカナのもつ軽快なリズムで、宮城の子どもたちのために生涯童謡を書き続けたのが作者でした。日本で最初の童謡専門誌『おてんとさん』を創刊したことでも知られています。

一八九九年仙台に生まれた作者は、一九七三年に七十四歳で亡くなるまで、終生を仙台で過ごしました。文学に興味を覚えたのは、十八歳で就職した際に、職場に回覧される雑誌を見てからだといいます。翌年、鈴木三重吉が主宰する児童雑誌『赤い鳥』が発行されると童謡が注目を浴び、作者もまた童謡を作って投稿するようになりました。

二十一歳のときに天江富弥と出会い、意気投合すると童謡研究会を始めようということになりました。彼らが目指したのは、単なる童謡ではなく、郷土に根ざした童謡でした。「みやぎの子どもには、みやぎの歌を」と主張していったのです。

その翌年の一九二一年、作者は天江らとともに「おてんとさん社」を創立します。ここで、日本初の童謡専門誌『おてんとさん』を発行しました。「七つの子」などで知られる野口雨情はそれを祝い、「おてんとさんの唄」を作って贈っています。現在でも仙台市太白区の向山にある中央児童館に行くと、その詩が刻まれた詩碑を見ることができます。

また雑誌を作るだけでなく、自ら街頭に立って童謡を歌うなど、児童文化発展のための運動を続けていきました。残念ながら『おてんとさん』はすぐに休刊になってしまいましたが、最終号に作者は「原始童謡主張」という一文を載せます。その後、カタカナによる作詞が中心となるのも、その「原始童謡」を目指したためだといいます。

野口雨情の詩碑がある向山の中央児童館には、作者による「オテントサンアリガトウ」、天江富弥による「のんのさんのポッポ」の詩碑も建てられています。まさに宮城の児童文化の発祥の地といえるでしょう。

ヘキと富弥がお互いを描いた似顔絵。

スズキヘキ

（すずき　へき）1899〜1973

宮城県仙台市生まれの童謡詩人。1917年宮城農工銀行に就職。そこで読んだ回覧誌がきっかけで、文学に興味を持ち、自身でも短歌、詩、小説を書き始める。その頃、童謡・児童雑誌ブームが起こり、童謡や童話創作に熱中。1921年には、日本初の童謡専門誌『おてんとさん』を創刊した。

『スズキ ヘキ童謡集』
おてんとさんの会／1975年

温泉

心の遠景

与謝野晶子

何ごとも蔵王の山の彼方《かなた》なる世のこととして思ひ捨てまし

碧瑠璃《へきるり》の川の姿すいにしへの奥の太守《たいしゅ》の青根の浴槽《ゆぶね》

松島の現れぬなど指させど蜃気楼《かいやぐら》よりたのまれぬかな

青根なる大湯の中《なか》に我が倚るは昔伊達衆《だてしゅ》の倚りし石段

朝の日は今海にあり二千尺わが浴槽《ゆぶね》より低きゆぶねに

『定本 與謝野晶子全集 第五巻 歌集五』より

解説

一八七八年生まれの作者が、四十九歳のときに出版した歌集『心の遠景』に載せられている短歌です。一九二四年以来の作品から一五〇〇首を選んだと自序で述べられています。

「この五年間に、良人や友人に従い、私はいろいろの所へ短時日の旅行をしました」とあり、宮城では青根温泉と松島を訪れているようです。青根温泉は、斎藤茂吉も幼少期に家族で訪れていますが、もともと伊達家御用達の湯治場であっただけに由緒ある温泉として知られていたのでしょう。

「いにしへの奥の太守の青根の浴槽」などは、まさにそのことを指しています。伊達の殿様が訪れた際には「青根御殿」と称される建物が使われていましたが、明治末期に焼失しているので、作者が訪れた時期には見ることができなかったはずです。その後、一九三二年に再建され、現在では伊達家からの拝領品などを展示する施設として使われています。

後年、この地を訪れた山本周五郎は、青根御殿のある宿に滞在して『樅の木は残った』を執筆しました。伊達家のお家騒動を描くにあたって、インスピレーションが湧く場所だったのかもしれません。

作者の「昔伊達衆の倚りし石段」という歌もまた、伊達の侍たちに思いを馳せて詠まれています。「大湯」とは、青根温泉の名所とされた共同浴場のこと。浴槽が蔵王《ざおう》から切り出された石で作られていました。男湯と女湯は分かれているものの、間を仕切るのはごく低い壁だけ。立てば互いに見えてしまう、なんとも大らかな温泉でした。

残念ながらこの大湯は、二〇〇六年に老朽化のため閉鎖。その後、改装されて二年後に旅館の専用施設として生まれ変わりました。共同湯としては、大湯と同じ源泉をもつ「じゃっぽの湯」ができ、訪れる人々を楽しませています。

「湯元不忘閣」の一画に再建された青根御殿。

与謝野晶子

(よさの　あきこ) 1878～1942

大阪府堺市生まれの歌人・詩人。1892年堺女学校を卒業後、家業の菓子商を手伝いながら古典を独習する。1900年『明星』第２号に短歌を発表し、同誌を主宰していた与謝野鉄幹と対面。翌年上京して歌集『みだれ髪』を刊行、また同年、鉄幹と結婚する。明治中期に花開いた浪漫主義運動の中心人物。

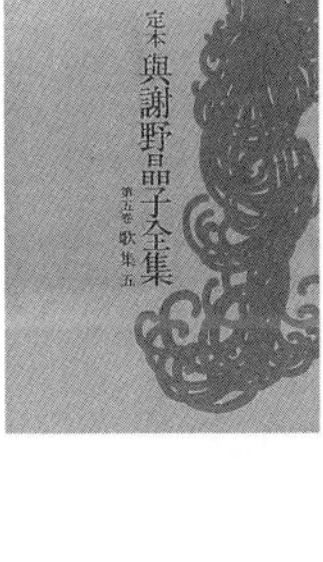

『定本 與謝野晶子全集 第五巻 歌集 五』
講談社／1981年

青根温泉

斎藤茂吉

父は五つになる僕を背負《せお》い、母は入用《いりよう》の荷物《にもつ》を負うて、青根温泉《あおねおんせん》に湯治《とうじ》に行ったことがある。青根《あおね》温泉は蔵王山《ざおうさん》を越えて行くことも出来るが、その麓《ふもと》を縫《ぬ》うて迂回《うかい》して行くことも出来る。

父の日記《にっき》を繰《く》って見ると、明治十九年のくだりに、『八月七日。雨降。熊次郎、おいく、茂吉、青根入湯《あおねにゅうとう》に行。八月十三日、大雨降り大川の橋ながれ。八月十四日。天気吉《てんきよし》。熊次郎、おいく、茂吉三人青根入湯返《あおねにゅうとうがえ》り。八月廿三日。天気吉。伝右衛門、おひで、広吉、赤湯入湯《あかゆにゅうとう》に行。九月朔《ついたち》。伝右衛門、おひで、広吉、赤湯入湯《あかゆにゅうとう》かへる。』ここでは、父母が僕《ぼく》を連《つ》れて青根温泉に行ったことを記し、ついで、祖父母《そふぼ》が僕の長兄を連《つ》れて、赤湯温泉に行ったことを記《しる》している。父の日記は概《おおむ》ね農業日記《のうぎょうにっき》であるが、こういう事も漏らさず、極《ご》く簡単《かんたん》に記してある。青根温泉《あおねおんせん》に行ったときのことを僕は極《きわ》めて幽《かす》かにおぼえている。父を追慕《ついぼ》していると、おのずとその幽微《ゆうび》になった記憶《きおく》が浮いてくるのである。

父は小田原提灯か何かをつけて先《さき》へ立って行くし、母《はは》はその後《あと》からついて行くのである。山の麓《ふもと》の道《みち》には高低いろいろの石が地面から露出《ろしゅつ》している。石道であるから、提灯《ちょうちん》の光《ひかり》が揺《ゆら》いで行くたびにその石の影《かげ》がひょいひょいと動《うご》く。その石の影《かげ》は一つ二つではなく沢山にある。僕が父の背《せ》なかで其を非常に不思議《ふしぎ》に思《おも》ったことをおぼえている。

まだ夜中にもならぬうちに家を出て夜通《よどお》し歩いた。あけがたに強雨《ごうう》が降って合羽《かっぱ》まで透《とお》した。道は山中に入って、小川は水嵩《みずかさ》が増し、濁《にご》った水がいきおいづいて流れている。川幅《かわはば》が大きくなって橋はもう流《なが》されている。山中のこの激流《げきりゅう》を父は一度難儀《いちどなんぎ》してわたった。それからもどってこんどは母の手《て》を引《ひ》かえて二人して用心しながら渡《わた》ったところを僕はおぼえている。それから宿《やど》へ着《つ》くとそこの庭に四角な箱のようなものが地にいけてある。清い水がそこに不断《ふだん》にながれおちて鰻《うなぎ》が一ぱい泳《およ》いでいる。そんなに沢山《たくさん》に鰻のいるところは今まで見たことはなかった。

帳場《ちょうば》のようなところにいる女は、いつも愛想よく莞爾《にこにこ》しているが、母などよりもいゝ着物《きもの》を着ている。僕が恐る恐るその女のところに寄《よ》って行くと女《おんな》は僕に菓子《かし》を呉《く》れたりする。母は家に居るときには終日忙《しゅうじつせわ》しく働《はたら》くのにその女は決して働かない。それが童子《どうし》の僕には不思議《ふしぎ》のように思われたことをおぼえている。

僕は入湯していても毎晩夜尿《やにょう》をした。それは父にも母にも、もはや当《あた》りまえの事のように思《おも》われたのであったけれども、布団《ふとん》のことを気《き》にかけずには居《お》られなかった。雨《あめ》の降《ふ》る日にはそっとして置いたが、天気《てんき》になると直ぐ父は屋根《やね》のうえに布団《ふとん》を干した。器械体操《きかいたいそう》をするような恰好《かっこう》をして父が布団を屋根のうえに運《はこ》んだのを僕はおぼえている。

或る日に、多分雨《たぶんあめ》の降《ふ》っていた日ででもあったか。湯治客《とうじきゃく》がみんなして芝居《しばい》の真似をした。何でも僕らは土戸《つちど》のところで見物《けんぶつ》していたとおもうから、舞台は倉座敷《くらざしき》であったらしい。仙台《せんだい》から湯治に来ている媼なども交《まじ》って芝居をした。その時《とき》父はひょっとこになった。それから、そのひょっとこの面《めん》をはずして、囃子手《はやして》のところで笛《ふえ》を吹《ふ》いていたことをおぼえている。

父の日記に拠ると、青根温泉《あおねおんせん》に七日いた訣《わけ》である。それから、明治二十丁亥年《ひのとい》六月二日。晴天《せいてん》。夜おいく安産《あんざん》。と父の日記にあって、僕の弟《おとうと》が生れているから、青根温泉湯治中に母は懐妊《かいにん》したのではないかと僕は今おもうのである。

『念珠集』より

解説

アララギ派の歌人として知られる作者は、一八八二年に現在の山形県上山市に生まれました。生まれは守谷という家でしたが、成績優秀であったために同郷の斎藤家に養子にゆくことになります。斎藤家は浅草で医院を開いていたため、十四歳のときに上京し、やがて精神科医となりました。

そんな作者が四歳の夏に家族で訪れたのが、この青根温泉でした。青根温泉は、現在の柴田郡川崎町にある温泉です。江戸時代には、仙台藩の御殿湯として伊達の殿様が代々湯治に訪れるという由緒ある場所でした。

しかし山形側から入る場合、険しい山道を歩いて行かなければなりません。しかも夜を徹して行き、橋も流されるような豪雨の中を進んだのですから、現在から思えば決死行に思えてしまいます。

ただこうした湯治に行く習慣はこの頃の農民にとって、ごくあたりまえのことであったようです。農閑期の冬期に訪れる場合もあれば、田植えが終わった後や、作者たちのように夏の暑い時期に訪れることも慣習となっていたようです。

奥羽山脈の山麓には、いくつもの温泉がありま す。宮城県側では、青根温泉以外に、鳴子《なるこ》や遠刈田《とおがった》も有名ですし、山形側には蔵王温泉もあります。

興味深いことに、この鳴子・遠刈田・蔵王は、「こけし」の産地としても知られています。こけしは、ろくろで木を削って作る人形ですが、こうした木工を行う「木地師」と呼ばれる職人が、かつては山間部に多く棲みついていたと考えられています。

そうした木地師たちが作り出したこけしが、湯治に来ていた農民たちの目にとまり、土産として定着していったのでしょう。第二次世界大戦後には、旅行ブームにのってこけしも広く知られるようになり、東北地方を象徴する郷土人形となっています。また一方で著者たちが湯治で訪れた温泉も、新たなリゾート施設として発展を遂げていきます。

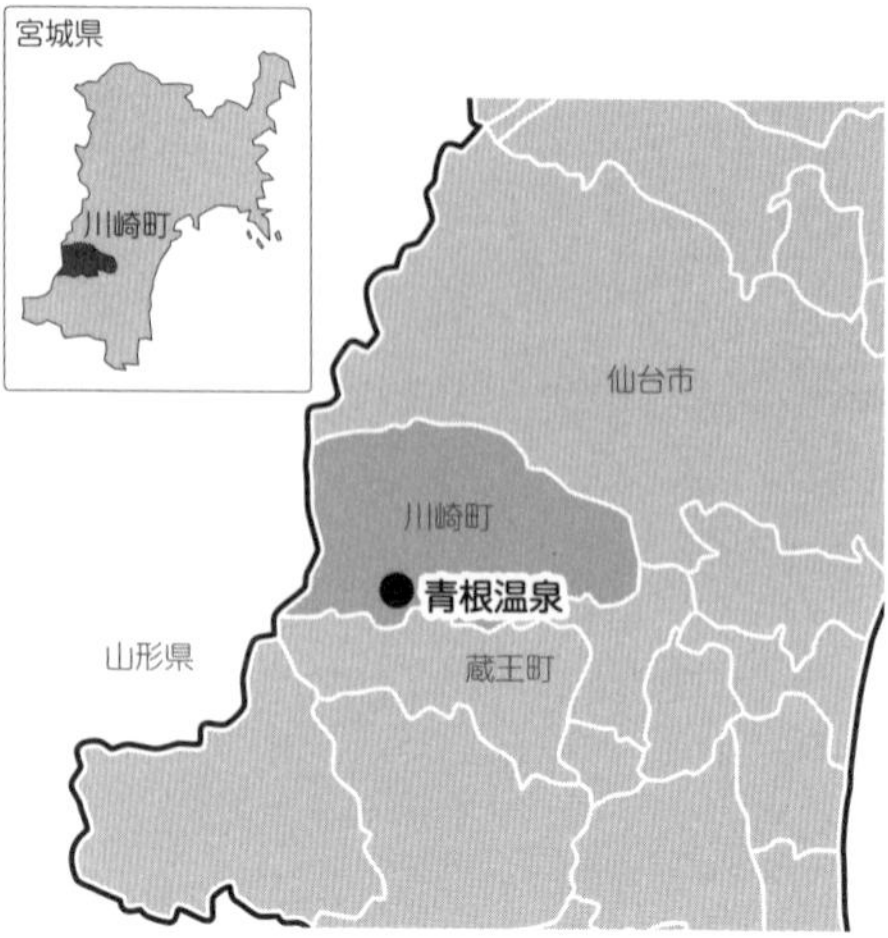

斎藤茂吉

（さいとう　もきち）1882〜1953

山形県生まれの歌人。農家の三男だったが、1896年親戚の医師斎藤紀一の勧めで上京。その後第一高等学校（現在の東京大学）に入学。1905年には斎藤家に入籍する。正岡子規の遺稿集『竹の里歌』に感動して本格的に作歌を志し、伊藤左千夫の門下に入る。短歌誌『アララギ』の編集に携わったほか、歌集『赤光』などを世に出した。

『念珠集』
鉄塔書院／1930年

鳴子と鬼首

田山花袋

　仙台《せんだい》を見物《けんぶつ》し、更《さら》に松島《まつしま》に行《い》って見《み》る。この間《あいだ》には見《み》るところが多《おお》い。仙台《せんだい》では、芭蕉辻《ばしょうのつじ》、榴岡公園《つつじがおかこうえん》、広瀬川《ひろせがわ》の向《むこ》うにある伊達氏《だてうじ》の宗廟《そうびょう》、それからもう少《すこ》し細《こまか》く入《はい》って、政岡《まさおか》の墓《はか》、支倉六右衛門《はせくらろくえもん》の墓《はか》でも見《み》れば見《み》るのであるが、もう好《い》い加減《かげん》にして其処《そこ》を去《さ》って、塩竈線《しおがません》で松島《まつしま》へと行《ゆ》く。途中《とちゅう》に、多賀城碑《たがじょうひ》だの、蒙古《もうこ》の碑《ひ》だの、野田《のだ》の玉川《たまがわ》のあとだのがある。塩竈《しおがま》神社《じんじゃ》に詣《もう》で、それから舟《ふね》で松島《まつしま》へわたる。舟子《しゅうし》に頼《たの》むと、途中《とちゅう》、扇渓《おうぎだに》の手前《てまえ》の総観山《そうかんざん》というのに舟《ふね》を寄《よ》せて呉《く》れる。とても富山《とやま》や大鷹森《おおたかもり》の眺《なが》めには如《し》かないが、それでも新富山位《しんとみやまくらい》には見《み》られる。で、松島《まつしま》に一夜泊《やとま》る。流石《さすが》に日本《にほん》三景《けい》の一と言《い》われるほどのものはある。朝《あさ》、旅舎《りょしゃ》の二階《かい》の欄干《らんかん》から見《み》た眺《なが》めなどは、何《なん》とも言《い》われない。

　しかしこの附近《ふきん》には、不仕合《ふしあわせ》なことには、温泉《おんせん》らしい温泉《おんせん》はなかった。こゝで温泉《おんせん》をと言《い》えば、何《ど》うしても、鳴子《なるこ》あたりまで行《ゆ》かなければならなかった。

しかしそこに行《ゆ》くにも、今《いま》はそう大《たい》して難《むず》かしいことではなかった。松島駅《まつしまえき》へ行《い》って下《くだ》りの汽車《きしゃ》に乗《の》ると、一時間《じかん》ほどで、小牛田駅《こごたえき》へと着《つ》く。そこは、鳴子《なるこ》に行《ゆ》く方《ほう》の汽車《きしゃ》と石《いし》の巻《まき》へ行《ゆ》く汽車《きしゃ》とが交叉《こうさ》して、十字形《じけい》をなしているが、西《にし》に岐《わか》れるラインに頼《よ》って行《ゆ》くと、これも一時間半位《じかんはんくらい》で、伊達政宗《だてまさむね》の古城址《こじょうし》を有《ゆう》する岩出山《いわでやま》などゝいうところを通《とお》って、次第《しだい》に脊梁山脈《せきりょうさんみゃく》の重畳《ちょうじょう》した翠微《すいび》の方《ほう》へと近《ちか》づいて行《ゆ》く。

この山巒《さんらん》に向《むか》って入《はい》って行《ゆ》く感《かん》じがちょっと好《よ》かった。

今《いま》はこの汽車《きしゃ》は鳴子《なるこ》から、往昔《むかし》の尿前《しとまえ》の関《せき》のあるところを通《とお》って、羽後《うご》の新庄《しんじょう》へと、脊梁山脈《せきりょうさんみゃく》を横断《おうだん》して行《い》っているが、この路《みち》は歴史上頗《れきしじょうすこぶ》る興味《きょうみ》のあるところで、源義経《みなもとよしつね》が平泉《ひらいずみ》に落《お》ちる時《とき》にもこの路《みち》を通《とお》って行《い》ったし、芭蕉《ばしょう》も『奥《おく》の細道《ほそみち》』で、平泉《ひらいずみ》から引返《ひっかえ》して、比処《ここ》を通《とお》って『蚤《のみ》しらみ馬《うま》の尿《にょう》する枕元《まくらもと》』という句《く》を残《のこ》している。その時分《じぶん》は、比処《ここ》はひどい山《やま》の中《なか》で、それを越《こ》えるのにも、案内者《あんないしゃ》なしでは越《こ》えて行《ゆ》くことの出来《でき》ないようなところであった。それは『奥《おく》の細道《ほそみち》』を見《み》てもよくわかった。しかし今《いま》はその荒山《あらやま》の中《なか》もわけなく汽車《きしゃ》で越《こ》えて行《ゆ》くことが出来《でき》る。

しかし、この汽車《きしゃ》は、此地方《このちほう》で有名《ゆうめい》な温泉村《おんせんむら》八湯《とう》、乃至鬼首村《ないしおにこうべむら》八湯《とう》の無数《むすう》の温泉《おんせん》の唯一《ただ》角《かく》を掠《かす》めたばかりで、直《ただ》ちに西《にし》に尿前《しとまえ》の関《せき》の方《ほう》へ向《むか》って去《さ》っているので、仔細《しさい》にこの温泉《おんせん》を探《さぐ》ろうとするには、旅客《りょきゃく》は此処《ここ》に二三日《にち》を費《ついや》さなければならなかった。

鳴子《なるこ》の停車場《ていしゃば》のあるところは、鳴子温泉《なるこおんせん》のあるところで、いかにもゴタゴタした、またいやに姪《みだ》らな空気《くうき》で満《みた》されているが、その附近《ふきん》には、一里乃至半里《りないしはんり》を隔《へだ》てゝ、川広《かわひろ》、田中《たなか》、赤湯《あかゆ》、車湯《くるまゆ》、鰮湯《いわしゆ》、滝《たき》の湯《ゆ》、星《ほし》の湯《ゆ》などと言《い》うのがあった。いずれも温度《おんど》が高《たか》く、泉量《せんりょう》が多《おお》く、浴舎《よくしゃ》の設備《せつび》も相応《そうおう》に出来《でき》ていて、悠遊数日《ゆうゆうすうじつ》をすごすに足《た》りた。

しかし、旅客《りょきゃく》は温泉村《おんせんむら》八湯《とう》だけに満足《まんぞく》せずに、更《さら》に荒雄川《あらおがわ》の屈曲《くっきょく》した谷《たに》に溯《さかのぼ》って、鬼首《おにこうべ》の山《やま》の中《なか》まで入《はい》って行《ゆ》かなければならなかった。そこは山巒《さんらん》に周囲《しゅうい》を取巻《とりま》かれたようなところで、渓谷《たに》から渓谷《たに》へと到《いた》る処《ところ》に温泉《おんせん》が湧出《わきだ》しているが、中《なか》でも殊《こと》に注意《ちゅうい》すべきは、その奥《おく》にある吹上《ふきあげ》の間歇泉《かんけつせん》であった。それは、日本《にほん》にも伊豆《いず》の熱海《あたみ》と此処《ここ》と二つしかないもので、一昼夜《ちゅうや》、凡《およ》そ七回《かい》、時《とき》を定《さだ》めて熱湯《ねっとう》を噴出《ふきだ》して、夏《なつ》はその高《たか》さ数丈《すうじょう》に及《およ》ぶということである。弘法《こうぼう》と今《いま》一つ何《なん》とかいう穴《あな》があって、それが一つやめば一つ噴《ふ》き出《だ》し、一つ噴《ふ》き出《だ》せば一つやむという形《かたち》になっているということである。しかしこゝまで入《はい》って行《ゆ》くには、鳴子駅《なるこえき》からまだ二三里《り》も山巒《さんらん》の中《なか》に入《はい》って行《ゆ》かなければならなかった。
尿前《しとまえ》の古関址《こせきし》のあるあたりにも、昔《むかし》の跡《あと》が多少《たしょう》は残《のこ》っていて、その頃《ころ》あったという大《おお》きな家《いえ》の雨風《あめかぜ》に晒《さら》されて、骨《ほね》ばかりになって残《のこ》っていたが、今《いま》も猶《なお》あるであろうか。この汽車《きしゃ》は、新庄《しんじょう》に行《ゆ》き、新庄《しんじょう》からは、また酒田《さかた》行《ゆ》きの汽車《きしゃ》に連続《れんぞく》していた。

『復刻版 温泉めぐり』より

解説

『蒲団』や『田舎教師』など自然主義派の作家として知られる田山花袋は、一方で大の温泉通として『温泉めぐり』をはじめ多くのトラベルガイドを手がけています。

宮城で作者が紹介しているのは、東北本線の小牛田駅から北へと向かう陸羽東線のルート。芭蕉が通った道であるとともに、鳴子などの温泉群を通ることから、「奥の細道湯けむりライン」の愛称でも呼ばれています。

鳴子温泉は、現在でも宮城を代表する温泉として多くの観光客が訪れます。その昔、都を追われた源義経一行が平泉を目指して落ち延びる際に、この地を通りました。そのとき義経の正室が、この近くで男児を出産したというのです。そして、その子が初めて産声をあげたのがこの温泉であったために「啼子」、後に鳴子と呼ばれるようになったといいます。もちろん伝説であって、歴史的な根拠はありませんが、こうした義経伝説は東北地方に色濃く残されています。また、熱湯が轟音を立てていたので「鳴郷」と呼ばれたという由来もあります。

一方、鬼首温泉もまた、いかにも由緒がありそうな地名です。こちらは義経よりも古い時代、坂上田村麻呂の伝説に由来しています。平安時代、征夷大将軍に任じられた田村麻呂は、陸奥の平定に臨みました。当時、鬼と恐れられていた大竹丸をこの地に追い詰め、首をはねたので「鬼切辺」と呼ばれ、後に鬼首となったというのです。田村麻呂説もまた、東北地方には数多く聞かれる伝承です。

ところで、この鬼首温泉郷の一つにも数えられるのが、作者も記している吹上の間欠泉（間歇泉）です。間欠泉とは、一定の周期で水蒸気や熱湯を吹き出す温泉のこと。他に熱海（静岡県）にしかないと作者は述べていますが、残念ながら熱海の間欠泉は昭和初期にとまってしまいました。ただこれ以外にも、羅臼（北海道）や川俣温泉（栃木県）、別府温泉（大分県）などいくつかの温泉で見ることができます。

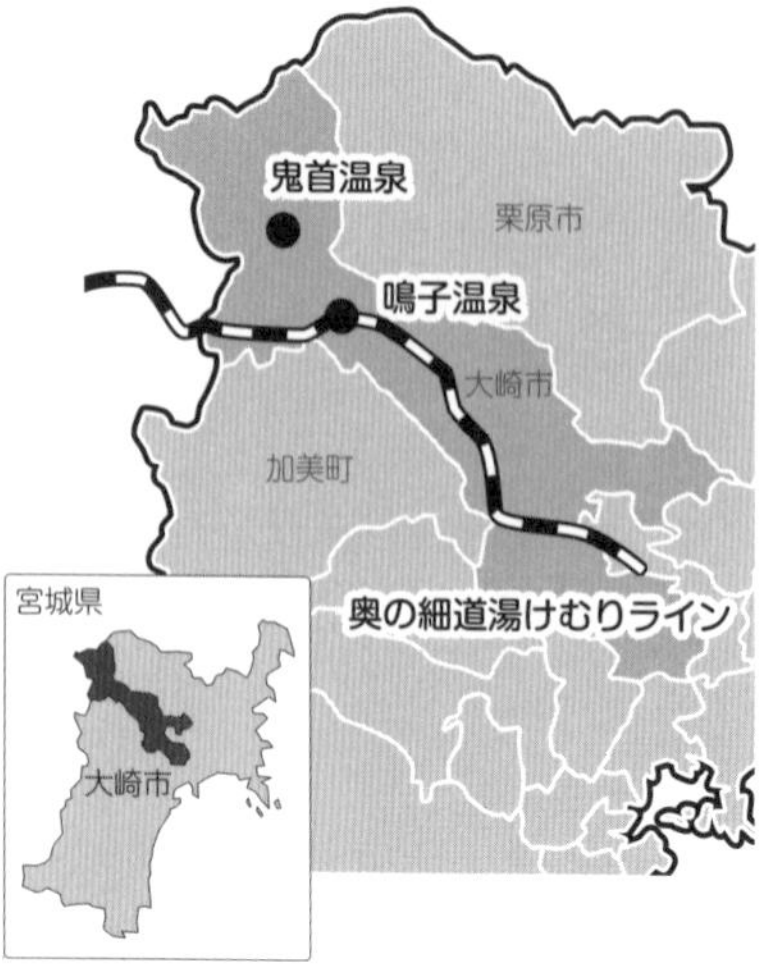

田山花袋

（たやま　かたい）1871～1930

群馬県館林市生まれの小説家。1891年に尾崎紅葉のもとに入門、この頃の小説や詩は優美な作風だった。1896年に国木田独歩、島崎藤村と知り合い、交流を持つ。その後、外国の文学研究を通じてフランス自然主義の影響を強く受け、1907年に発表した小説「蒲団」は日本の自然主義文学の代表作の一つとされる。

『復刻版 温泉めぐり』
博文館新社／1991年

岩風呂

白鳥省吾

山は夕霧峠は三里
　おぼこ娘は　二九からぬ

作並温泉は関山峠の麓の鄙《ひな》びた温泉である。仙山東線が開通されてから、近くの仙台から人が入りこむようになったが、それでも三軒の旅宿しかない。

岩松旅館の岩風呂というのが、広瀬川の川岸の自然の岩壁をくりぬいて作ったもので、玉のような湯に入浴しながら川の流れの響をきゝ、岸の樹木の美しさを愛で、そして樹葉の間から青空を眺める心持は、心身ともに裸で自然に親しむ感じである。

こうした岩風呂は塩原の福渡戸と塩の湯とにもある。

福渡戸のは箒川の対岸にただ浴槽のみあってその上が二階風な休み処となっているが、旅館からわざ〳〵一本橋をわたってゆかねばならず、入浴者が三方からまる見えで、あまりに原始的過ぎるようだ。

塩の湯のは作並と同じく、階段を数十降ってはじめて川岸に達したところにあるが、作並のよりはせせこましい。

伊豆の土肥温泉の土肥館にも、岩壁を利用した風呂があるが、これは室内にとり入れたもので眺望は無い。山形の五色温泉の宗川旅館にもあるが、これなどは人工八分である。

宮城県の轟温泉に田圃の中に温泉があり、ごく粗末な小屋がけのものであるが、湯槽の下は大きい自然石であった。ごく山奥の渓流の上に凄いように冴えた月がのぼり、湯につかっているとしんしんと寂しさが身にしみるようであった。秋彼岸の頃でもっとも三十年も前の話である。

作並温泉から二里半で関山峠が登りつめとなり、関山トンネルがある。そこを三里ほど下ると芭蕉の「奥の細道」に書かれてある立石寺がある。

閑さや岩にしみ入る蟬の声

この句を立石寺で見たのは中学四年の秋であった。後二十数年を隔てゝ再び立石寺に遊んだが、以前の記憶とは句碑のある場所の印象がまるで違っていた。中尊寺の「夏草や……」の碑も二十年をへだてゝ再遊した感じは以前とまるで違っていた。向うも多少かわるのであろうが、記憶というものもあてにならぬものである。

山形に「おばこ節《ぶし》」がある。私は書き出しの「おぼこ娘」は「未通女」と書くので妙齢の処女の意。「おばこ」ではない「おばこ」は長女以外の娘であるとの説もある。

この作並には木に彩色したる「こけし這子《ほうこ》」なる土俗的な人形がある。宮城県ではこの系統のもの秋保、鳴子等に流布している。可憐なる「おぼこ」の表情せる人形である。

近来このこけしをハガキ大の板に彩画し、三銭を貼付して郵送の便をとる。即ちこの「こけし郵便」に題す

山の湯に住むにはあまり美しき
　乙女もの言はず微笑みてあり

『作並温泉小誌』より

解説

作者は一八九〇年、現在の宮城県栗原市築館に生まれた詩人。その次女である園枝は、千昌夫の名曲「星影のワルツ」を作詞したことでも知られています。

作者がこの稿で紹介しているのは、仙台市青葉区にある作並温泉。仙台市内といっても、奥羽山脈に分け入った山深い地にある温泉です。仙台市街から行く場合、仙山線で約四十五分。そのまま乗って行けば、長いトンネルで山形県へと抜けて、山寺（立石寺）に着きます。

作者が楽しんだ作並温泉の岩風呂は、まさに広瀬川の川岸に湧いた温泉で、その瀬音を聞きながら入浴することができます。この温泉は、奈良時代に東大寺の大仏建立に関わった行基が発見したとも、奥州征伐に向かう源頼朝が発見したとも語られています。いずれも伝説に過ぎませんが、古い時代から温泉があったことは確かなようです。

温泉の脇を流れる広瀬川は、さとう宗幸が歌った「青葉城恋唄」の冒頭でも知られるように、仙台の中心部を流れる川として多くの仙台市民に愛されてきました。その源流を辿ってゆくと、この作並温泉よりさらに奥、山形県との境にある関山峠付近へと至ります。

また作並では、新川川と合流しています。この合流地点にあるのがニッカウヰスキーの蒸留所。なるほどニッカというのは新川に由来しているのかと納得したくなりますが、これは驚くべき偶然。「ニッカ」は、「大日本果汁株式会社」の略称が「日果」であることからきているのが真相です。

作者はここで、こけしについても触れています。

「青根温泉」のページでも触れたように、こけしはこうした山間部の湯治場で誕生しました。作並のこけしは「作並系」を名乗り、細い胴と、そこに描かれる菊模様が特徴とされます。この作並系こけしは、後に仙台や山形という都市部で発展を遂げてゆきます。

白鳥省吾

（しろとり　せいご）1890〜1973

宮城県栗原市生まれの詩人。早稲田大学英文科卒業。1914年に第一詩集『世界の一人』を刊行。1917年に結成された詩話会の中心的存在となり、民衆詩派の詩人として活躍。その作品はアメリカの詩人・ホイットマンの影響を受けている。民謡の創作や研究にも力を入れた。

『作並温泉小誌』
元湯・岩松旅館／1936年

松島

松島

土井晩翠

仙府むかしのあこがれを
伝へてこゝに二千年、
東海の上扶桑の端《はし》
並びて呼びあふ八百《やお》の島。

あすは万里の外《よそ》の旅
故園なごりの姿をと
誘ふは有情《うじょう》の波の声、
起ちて、落つる日雲染めて

海黄金《おうごん》を溶す時
大高森《おおたかもり》★の頂に。

頂高く今も見る
真なるもの美なるもの
おほいなるもの常に新《あらた》、
左太平洋の波
散るは奔馬《ほんば》の狂《くるおい》か、
右や一湾松島の
沈静さながら夢の如《ごと》。

あゝ色ありておほいなる
生ける詩何のかたどりぞ、

あゝ彼《かれ》人生の活働《はたらき》の、
あゝ是《これ》心境の平和《やわらぎ》の。

『東海遊子吟』より

★松島の四大観《しだいかん》とは富山、扇谿、多門山及び大高森を指す、そが中にも擢《ぬき》でて特に夕暮天地の大観を極むるは大高森なり、こゝに上らでは真に松島を見たりと曰ふべからず、この勝地に遊ばんとする人々の注意に特に斯く。

解説

「秋の夜の酒」で木俣修が交友を重ねた土井晩翠が、この作品の作者です。「荒城の月」にも共通する、漢詩のように朗々と力強く歌い上げた作品といえるでしょう。

松島は、天橋立（京都府）・宮島（広島県）とともに「日本三景」に数えられる名勝です。作者は、作品の末尾に「松島の四大観とは富山、扇谿、多門山及び大高森を指す」と記していますが、これは松島の中でも特に優れた四つの景観を示したもの。江戸時代に儒学者の舟山万年によって名付けられました。

最初の「富山」は、陸前富山駅の北方、富山にある大仰寺から見た眺望。遠く松島湾と奥松島とを望むことができ、この光景は「麗観」と称されています。

次の「扇谿」は、松島の西側、松島海岸駅と陸前浜田駅との間にある扇谷山からの景色。扇状に広がる入江を眺めることができます。これは「幽観」と称されています。幽玄なイメージの光景ということなのでしょう。

三つ目の「多聞山」は、松島から南へ下った七ヶ浜町に突き出た岬の先端に位置します。ここからの眺望は「偉観」。島々も間近に見え、堂々とした景観だといえるでしょう。

そして最後が「大高森」。松島の東側、奥松島と称される宮戸島にある山からの眺望です。島とはいえ、現在は道路がつながっているため、車で渡ることができます。ここからの景色は「壮観」。島だけに三百六十度の眺望が可能で、晴れていれば西側に広がる松島の遙か向こうに、奥羽山脈まで見渡すことができます。そして作者が書いているように、なんといっても美しいのが夕暮れの光景。シルエットに浮かぶ数々の島影は、まさに「壮観」の一言に尽きます。ここに上らないで松島を見たというな、と作者が言いたくなるのもわかります。

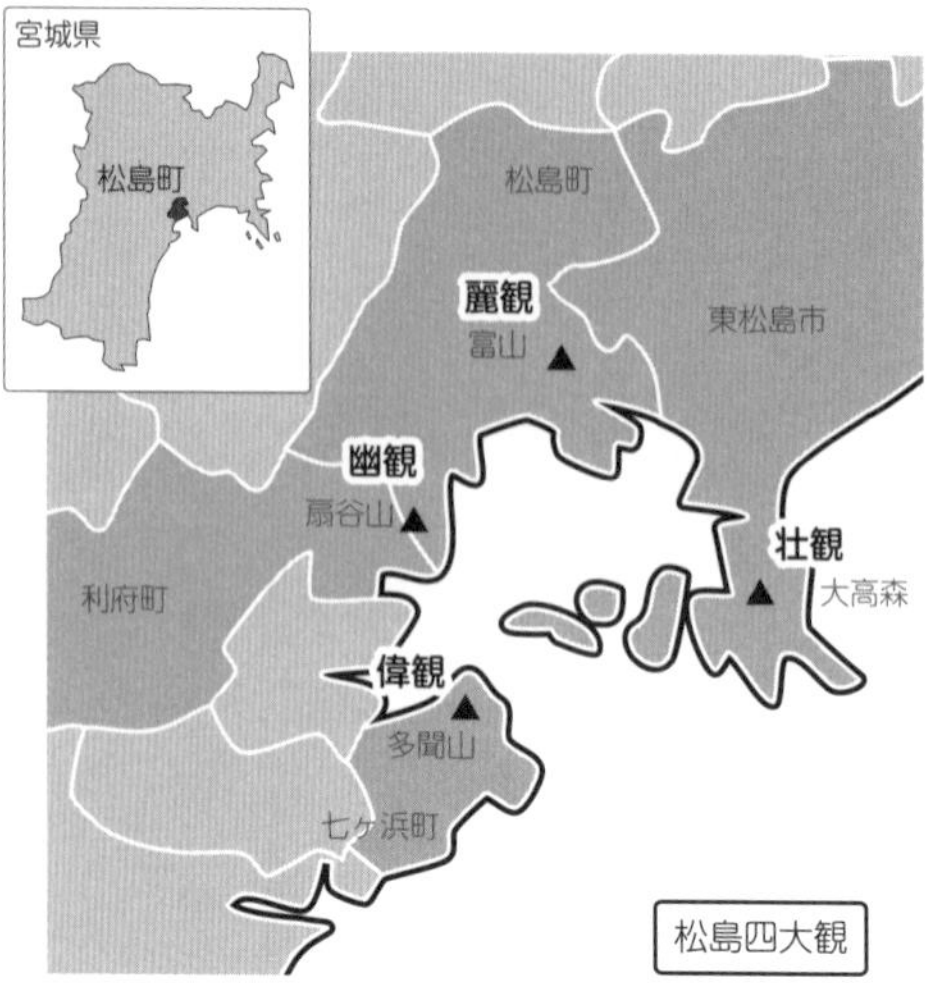

土井晩翠

（どい　ばんすい）1871～1952

宮城県仙台市生まれの詩人・英文学者。東京帝国大学（現在の東京大学）英文科卒。在学中より雑誌『帝国文学』の編集委員になる。1899年、第1詩集『天地有情』を刊行。滝廉太郎が曲をつけた「荒城の月」は広く知られる。また、『イーリアス』『オヂュッセーア』の翻訳も高く評価される。1950年文化勲章受章。

『東海遊子吟』
大日本図書／1906年

おくのほそ道

松尾芭蕉　訳●井本農一／久富哲雄

抑事《そもそもこと》ふりにたれど、松嶋《まつしま》ハ扶桑第一《ふそうだいいち》の好風《こうふう》にして、を《(お)》よそ洞庭《とうてい》・西湖《せいこ》を恥《はじ》ず。東南より海を入《いれ》て、江《え》の中三里《うちさんり》、浙江《せっこう》の潮《うしお》をたゝふ。嶋〳〵《しまじま》の数《かず》を尽《つく》して、欹《そばだつ》ものは天《てん》を指《ゆびさし》、ふすものハ波に匍匐《はらばう》。あるハ二重《ふたえ》にかさなり、三重《みえ》に畳《たたみ》て、左りにわかれ、右につらなる。負《おえ》ルあり、抱《いだけ》ルあり、児孫《じそん》愛すがごとし。松のみどりこまやかに、枝葉《しよう》汐風《しおかぜ》に吹《ふき》たは《(わ)》めて、屈曲《くっきょく》を《(お)》のづからためたるがごとし。其気色《そのけしき》窅然《ようぜん》として、美人《びじん》の顔《かんばせ》を粧《よそお》ふ。千早振《ちはやふる》神の昔、大山《おおやま》ずみのなせるわざにや。造化《ぞうか》の天工《てんこう》、いづれの人か筆をふるひ、詞《ことば》を尽《つく》さむ。

雄嶋《おじま》が礒《いそ》は地《ち》つゞきて、海に成出《なりいで》たる嶋也《しまなり》。雲居禅師《うんごぜんじ》の別室《べっしつ》の跡、坐禅石《ざぜんせき》など有《あり》。将《はた》松の木陰《こかげ》に世をいとふ人も稀〳〵《まれまれ》見え侍《はべ》りて、落《おち》ぼ・松笠《まつかさ》など打煙《うちけぶり》たる草の庵《いおり》閑《しずか》に住《すみ》なし、いかなる人とハしられずながら、先《まず》なつかしく立寄《たちよる》ほどに、月海《つき》に移りて、昼のながめ又《また》あらたむ。江上《こうしょう》に帰りて宿《やど》を求《もとむ》れば、窓を開《ひらき》二階《にかい》を作《つくり》て、風雲《ふううん》の中《うち》に旅寝《たびね》するこそ、あやしきまで妙《たえ》なる心地《ここち》はせらるれ。

松島《まつしま》や鶴《つる》に身《み》をかれほとゝぎす　曽良

予《よ》は口をとぢて、眠らむとしていねられず。旧庵《きゅうあん》をわかるゝ時、素堂《そどう》松嶋の詩有《あり》。原安適《はらあんてき》松がうらしまの和哥《わか》を送らる。袋《ふくろ》を解《とき》てこよひの友とす。且《かつ》、杉風《さんぷう》・濁子《じょくし》発句《ほっく》有リ。

●現代訳

松島のことをいまさら述べるのは、言いふるされているようだが、さてもこの松島はわが国第一のよい風景であって、中国の洞庭湖《どうていこ》や西湖《せいこ》に比べても決して劣ることはない。東南から海が陸に入りこむように湾をつくっていて、湾の中は三里四方、中にはあの浙江《せっこう》の潮《うしお》のような漫々たる潮が満ちている。無数の島々が点在していて、高くそびえている島は天を指さし、低く横たわる島は波の上に腹ばいになっているようだ。ある島は二重に、またある島は三重に重なりあっており、左の方の島は離ればなれかと思うと、右の方の島は横に続いており、小さな島を背負ったようなものや抱いたようなものもあって、それらは、子や孫が仲良くするさまにも似ている。松の緑が濃く、枝葉は潮風に吹き曲げられて、その曲った枝ぶりは自然に生じたものながら、ことさら曲げ整えたようにいい格好である。このような松島の景色は見る人をうっとりさせるような美しさで、蘇東坡《そとうば》の詩にあるように、美人がその顔に化粧したような趣がある。神代の昔、大山祇《おおやまつみ》の神がつくりなしたわざなのだろうか。自然をつくり給《たま》う神のはたらきのみごとさを、人間の誰《だれ》が絵画や詩文に十分に表現できよう、とてもできるものではない。

雄島の磯は、陸から地続きで島となって海に突き出た島である。雲居禅師《うんごぜんじ》の別室の跡や、坐禅石《ざぜんせき》などがある。また、松の木陰に出家隠遁《いんとん》している人も少しはいるらしく、落葉や松笠などを焼く煙がたちのぼる草庵《そうあん》に、ひとり静かに住んでいる様子で、どんな人かはわからないが、なんとなく心ひかれるので、近くに立ち寄って様子をうかがっていると、折から出た月が海に映って、昼の眺めとはまた変った趣になった。海岸にもどって宿をとると、その宿屋は、窓を海上に向って開《あ》けた二階造りで、自然の風光のただ中に旅寝をするような気分になり、不思議なほどよい心持がするのであった。曽良は、

松島《まつしま》や鶴《つる》に身《み》をかれほとゝぎす

曽良

(この松島に来てみると、いかにも壮大秀麗な風景である。古人は、千鳥が鶴の毛衣《けごろも》を借りることを歌に詠んでいるが、いまは千鳥の季節ではなく、ほととぎすの鳴く季節である。ほとぎすよ、白い鶴に身を借りて、この松島の上を鳴き渡れ)

という句を作った。

私は、このすばらしい景色に向っては句を案ずるどころではなく、句作をあきらめて眠ろうとするのだが、といって眠るに眠られない。芭蕉庵を立ち出《い》でる時、素堂《そどう》が餞別《せんべつ》に松島の漢詩を作ってくれ、原安適《はらあんてき》が松が浦島の和歌を贈ってくれた。眠られぬままに、頭陀袋《ずだぶくろ》の口を解いてこれらの詩歌を取り出し、今晩のさびしさを慰める友とした。このほか、袋の中には松島を詠んだ杉風《さんぷう》や濁子《じょくし》の発句も入っていた。

『松尾芭蕉集②』より　抜粋

解説

一六八九年（元禄二年）三月二十七日、江戸の深川を出発した松尾芭蕉と河合曽良は、五月九日、松島に至ります。

「雄嶋が礒は地つゞきて、海に出たる嶋也」と書いている雄島は、松島海岸駅から南東に向かった先にある小さな島。芭蕉一行は、塩釜より船で松島に入り、まず瑞巌寺へと詣でました。続いて、その奥の院と称される雄島へと渡ったわけです。

雄島には数多くの岩窟があり、中世には死者供養の霊場であったと考えられています。「雲居禅師」という名が登場しますが、雲居禅師は江戸時代初期の僧侶。伊達忠宗の強い希望で、瑞巌寺の九十九世住持として招かれ、中興開山の祖となりました。

島内には、文中に登場する曽良の「松島や鶴に身をかれほとゝぎす」の句を刻んだ碑があります。せっかく松島なのだから、ほととぎすも鶴の格好でいてくれれば、松と鶴のめでたいペアになるぞ、というユーモラスな句です。

その隣には、芭蕉の「朝よさを誰（たが）まつしまぞ片心」という句碑も建てられていますが、これはおくのほそ道の旅に出る前に詠んだもの。寝ても覚めても松島のことが気にかかるという句ですが、それほどまでに恋い焦がれていたのでしょう。しかし、実際に訪れてみて感無量となったのか、この地で句を作ることはできませんでした。

それゆえに「松島やああ松島や松島や」と詠んだという話がありますが、これは後世の作り話。江戸時代後期に「松嶋やさてまつしまや松嶋や」と詠んだ狂歌師がいて、これがいつしか変化したのだと考えられています。

　松島を訪れた芭蕉と曽良は、この四日後には平泉（岩手県）まで足を伸ばし、「夏艸や」の句を残しています。

雁金島付近からの眺め。

松尾芭蕉

（まつお　ばしょう）1644〜1694

伊賀（現在の三重県）上野生まれの俳人。十代から貞門派の俳諧を学び、30歳の頃江戸に下る。1684年から翌年にかけての第一行脚を皮切りに、生涯にわたり日本全国を旅しながら数多くの俳句を創作。芸術性の高い蕉風俳諧を大成した。代表作に『更科紀行』『おくのほそ道』などの紀行文がある。

『松尾芭蕉集②』
小学館／1997年

日本 タウトの日記 一九三四年 ブルーノ・タウト

訳●篠田英雄

二月二十三日（金）　仙台—工芸指導所—松島—観瀾亭—瑞巌寺—松島ホテル

『朝日グラフ』誌の依頼で日本と欧米との間の模倣競べとでもいうような写真を探してみた。するとこういう模倣は日本よりも寧ろ西洋に多いという、まことに思いがけない結果に到達した。絵画はもとよりその他の美術、庭園、工芸品などで、西洋の相当な雑誌に『独創的』であるとして掲載されているものを見ると、なんのことはない日本の作品の——それも誤解され誇張された——模倣にほかならない。日本人から見ればまったくお笑い草だ、この勝負では、まさに日本の方が笑う番である。

気取りのない素直な家具を製作しているシュパンゲル（Spanngel）から、気持のよい手紙を受取る。グローセ教授（夫人は日本婦人）のこと、日本文化を尊敬していること、などが書いてある、真面目な人だ。カタログは極めて実際的で一目瞭然としている、最もすぐれたドイツだ。

さて工芸指導所では、これからの制作全体の上に今までの研究や工夫の成果が明瞭に現れるわけだ、――ドアのハンドル一揃はでき上った。椅子、電気スタンド、銀製容器等は製作中である。このような仕事によって実に沢山の事柄を教えられはするが、また実に努力がいるものだ。彫刻家の仕事も知らねばならず、また大量製産や材料の接合ないし処理のことまで研究せねばならない。

指導所での私の地位の『不均衡』がいささか気になる、誤解を避ける為に児島氏にもこの事を説明しておいた。というのは最近こんな誤解があったからだ、――気の小さい齋藤氏は、私が指導所の拙い作品(その部分)を撮影するのをひどく気にしていた、ところが丁度東京から帰って来た国井氏は、そんなことは一向差支えないと言う。国井氏はまた私が(概ねドイツのカタログの中から)、すぐれた質の製品を選択したことや、日本の旧いすぐれた工房からすばらしい作品を選び出したことを喜んでくれ、実に結構な着想だと言っている。その通りだ、この着想はまずよさそうだ、――私はこれを実現してここの人達の蒙《もう》を啓《ひら》き偏見を打破しよう。

児島教授と、すばらしい雪景を観賞しながら松島へ舟行する。日本の雪は実に美しい、昨日は終日しんしんと降り続いていた、雪中の家々と濃緑の樹木。それにひきかえて今日は太陽が強い光を投げている。船は、怪奇な形をした小島の間を何遍となく通り過ぎる。島の上には、松に積った雪がきらきらと輝いている。鋭い寒風が陸の方から海上を吹き渡る、私達は船室に籠り火鉢にあたりながら熱い茶を喫した。

観瀾亭。旧い日本建築の銀鼠色に変じた用材、取りわけ観瀾亭のは美しい(ここには狩野山楽の襖絵がある)。大きな禅定窟《ぜんじょうくつ》(禅僧達が苦行と瞑想とを営む場所であるが、今日ではもう使われていない、――青年僧が堕落したのだ)。瑞巌寺は十六世紀の建築で、この地方としては最もすぐれている、国民的英雄秀吉の趣味を表現したものだ。秀吉は百姓の倅であったが、単なる『英雄』ではなくて、当時の洗練された文化であるところの茶道その他の優雅な文物――換言すれば日本のルネサンスの代表者であり保護者であった。十七世紀には、小堀遠州の代表する古典的ルネサンス(桂離宮)が出現し、天皇を幽閉した当時の権力者たる徳川将軍の野蛮なまでに華美浮麗な装飾(日光)に対抗した。

瑞巌寺、――歳月を経て薄鼠色に変じた美しい用材、彫刻の使用も洗練されている。屋根の勾配の静かに流れる線、――これはもと中国から伝えられたものであるが、もうすっかり日本化している。雪中の寺、無上の眼福だ。古い宝蔵や方丈、新しい建物は、拙悪でないまでも、大したものではない。

松島ホテルで昼食、児島氏と共に居るのは楽しい、非常に親切な人だ、お互の理解はたやすくかつ自由である、――これこそ模範的な会合だ。(松島の近くに、新築の住宅群が、まるで見事なジードルングのように集合しているのを見かけた)。

翌日(二十四日)は、児島氏の宅に五時間あまり客となった。芸術、文化その他の事柄について話す。自筆の色紙を五枚贈る。児島氏はグローセ教授と相知の間柄で、グローセを高く買っている。グローセの『東洋の水墨画　Die ostasiatische Tuschmalerei, 1923』を頂戴した、東洋画の主要原理を論じた好著である。児島氏は、グローセを最もすぐれた日本通であると評した。同氏はまたヴェルフリンとも交友があり、私がヴェルフリンによく似ていると言う、――これに対して私は『貴方はお世辞の大家です』と答えた。

児島氏の邸宅は、庭が二つもありなかなか広い住居だ、家賃は五十円である。薪をくべる暖炉のある子供の遊び部屋、ガラスを嵌めた広い窓、――これは新しいしかもすぐれた日本だ。

瑞巌寺の岩窟の近くに鰻の供養碑があった、人間に殺されて食べられた鰻の霊を弔ってその怒りを宥めるためであろう、――それとも一般に仏教風の懺悔の念の表現であろうか。

グローセによると、『禅』は元来非常にすぐれた宗旨であったが(開祖は菩提達磨)、権力と結託するようになってから堕落の途を辿ったという。

『日本タウトの日記 一九三四年』より 抜粋

解説

作者は、ドイツの建築家。ナチス政権から逃れて日本に亡命し、日本の伝統美を広く世界に広める役割を担いました。京都の桂離宮を絶賛し、日本人にその美を再評価させた人物でもあります。

その作者が松島を訪れた際、美しいと称えたのが観瀾亭です。観光遊覧船乗り場付近で、海際の小高い場所に建てられているのを目にすることができます。

この観瀾亭は、元々が豊臣秀吉の建てた伏見城の一部でした。伊達政宗がこれを譲り受け、江戸の藩邸に移築して使っていたものを、二代藩主忠宗がさらにこの地に移したものと伝えられています。

この観瀾亭が建つ場所を「月見崎」と呼びますが、その名の通り藩主が月見をした場所でもあり、また松島を訪れた賓客をもてなす施設としても利用されていました。現在は、拝観料を払えば誰もが見学でき、また抹茶などを楽しむこともできます。

さて、作者が雪の中で同様に褒め称えたのが瑞巌寺。海岸からまっすぐに延びる参道を進むと、国宝に指定されている本堂へと至ります。この寺の歴史は古く、平安時代にはその前身が天台宗寺院として開かれたといい、鎌倉時代に臨済宗へと変わります。その後荒廃した時期がありましたが、伊達政宗がこれを復興。壮麗な寺院へと生まれ変わり、伊達家の菩提寺として知られるようになりました。

二〇一一年の東日本大震災では、三陸沿岸の多くの町や村が大津波に呑み込まれました。しかし松島は、湾内に浮かぶ多くの島々によって波が弱められ、大きな被害を食い止めることができたのです。海沿いの商店や家屋は浸水被害を受けましたが、観瀾亭の高さにまでは達せず、また瑞巌寺の参道で、波は引いていったそうです。美しい松島の風景が、松島の人々や歴史を守ったのだといえましょう。

作者が訪れた観瀾亭の外観。

ブルーノ・タウト

（ぶるーの・たうと）1880〜1938

ドイツのケーニヒスベルク（現在はロシア領カリーニングラード）生まれの建築家。故郷の建築学校を卒業後1909年にベルリンで独立。「鉄の記念塔」「ガラスの家」などの建築で注目を集めた。1933年に来日し仙台の工芸指導所に着任。その傍ら各地をまわり桂離宮、伊勢神宮をはじめ日本独自の美を評価し海外へ伝えた。

『日本 タウトの日記 1934年』
岩波書店／1975年

蔵王

蔵王

榛葉英治

「朝よ。起きなさい。山がきれいだわ。」

弾んだたか子の声に、熟睡のあとで、はっきり眼が覚めた。山の樹々は濡れて、谿はまだ霧に沈んでいる。

「お風呂にいってらっしゃいな。私、もういってきたのよ。」

後ろ手に髪にピンを刺しながら、ふりかえった。

「今日は、峨々温泉の方へいってみるかな。昼までに着いて、湯にはいって、ぐるっと廻って遠刈田《かっ》へ出ればいいよ。四時の終バスに間に合う。夜までには、仙台へ帰れる。」

「蔵王へは、登らないの？」

「僕は、刻苦して額に汗を流すなんて、嫌いでね。登山もいいが、登りが閉口だな。それよりゆっくり山に浸りたい。十何年ぶりだ。」

八時頃、宿を出た。たか子は、売店でパンや果物を買って、リュックに詰めた。

「持とうか？」

「刻苦して汗流すのは嫌いでね……」

たか子は、白い光る歯を見せて笑った。

「いいから、よこしてみろってば。」

「いいわ。もし疲れたら、持ってけさいね。」

温泉の裏から、すぐ山道にかかる。林に、鳥の声が鋭く反響した。ゆっくり歩いた。峨々まで、一時間半。喬は木を二本切って、二人の杖にした。重なった熊笹の幅広い艶。点々と赤い木苺が熟れ、七宝色に鮮かに光る蜥蜴が、柔軟な紐みたいにすべって消える。

「ほら、鶯。」

ケキョ、ケキョ、ケキョ、とつづいて、ホーホケキョ、ホ、ホ……また初めからやり直す。

紫陽花が、バッジみたいな花を一つ一つ濡れて開いている。一時間ほどで、水音がし出した。

苦しい登りにもたか子はリュックを渡さなかった。空はしんと明るく、雲の影が山をすべる。

いい匂いがした。水音を潜めた谿に、百合がかたまって白く揺れている。道は、つづら折りになる。薄暗い落葉松《から》林を抜け、萌黄に染まった林の道にかかる。四抱え五抱えのブナの木が枝を拡げ、何百年前の落雷に立ち腐れたのもある。

急な登り道を、息をきらして峠に出ると、視野が展けて、山々にのしかかって、正面に蔵王が見えた。鞍型の赤い岩肌に、一箇所、雪谿が残っていた。二人は崖のはなに腰をおろして、黙って見上げた。赤肌に削られた谿谷の底を、泡を噛んで濃い藍色の流れがうねっている。四角にヒビ割れた岩屑が、足許から、絶え間なく微かな音をたてて、一つ二つずつ崩れ落ちていた。その微かな音が、下に消えてゆくだけで、雲がゆっくり動いている。

たか子は、リュックからリンゴを出して剝くと、彼に渡し、自分のも剝きながら、云い難そうに、口ごもった。

「……主人が戦死したの、お話したわね。ほんとは戦死じゃないの。マニラで、絞首刑……」

小杉は、口にやりかけた手をとめて、たか子の顔を見た。たか子は、陽の明るい蔵王を見ている。たしかに「コウシュケイ」と聞き、その連想が間違いではないかと疑った。ウブ毛の光る口許に、冷い笑いに似た酷薄なものがピクピク慄えているのを、こんな顔をいつか見たことがあると思った。

「何だか、いやらしい山ね、きてみると。」

冷い笑いを唇に浮かべたたか子は、別人のように見える。

「残酷そうなとこがあるわ。もっとすんなりした美しい山かと思った。蔵王って言葉がそうじゃない。」

蔵王案内記には、蔵王火山列の鞍部の西側は、常に西風の強襲を受け、これが谿谷の上昇気流と衝突して、突然気温の冷却と天候の激変を招く、と書いてある。そのような危険を胎むとも見えず、頂上には薄く雲がかかっていた。

「そうかな。僕は、仙台の土建屋を思い出すね。」

つとめて平気で云った。

「蔵王組さ。高い山って、近くきてみりゃ、みな禿山だよ。」

「この山見たら、思い出しちゃった。原住民の女にひどいことして殺したんですって。鹿島主計少尉絞首刑、何とか大佐重労働何十年なんて、新聞の隅っこに小さく出てるでしょう。あの記事、この山と同じに無表情じゃない？　どこかの新聞社の地下室で、印刷の人が、無表情に活字を組むのよ。二十一年の冬よ。私は、まだ鹿島の家にいたけど、両親ははっきり私を憎み出したわ。父はその冬なくなったけど、お母さんてひとには、今でも街で逢うことあるのよ。何だか、恐しい顔で、私を睨むわ。ねえ、小杉さん、私には、あのひとにそんなことさせたような悪いとこがあるのかしら？　教えてほしいわ。」

その家で、食卓を囲んで祈りの手を合わせた五、六人の家族が浮かんで、リンゴに味がなくなった。また皮をむき出したたか子の白い指と、ナイフの刃先と、器用に丸くつながった青い皮を見ながら、それに重なって、遠い赤い山の岩の辺りに、ぴったり分けたような垂れた髪と、白いカラアが浮かんだ。手足をだらりと垂れ、宙吊りに揺れている。たか子は、何を考えているだろうか、彼はその横顔と明るい山肌から、眼を谿の下の林に落した。やはり石屑が、微かな音で崩れ落ちていた。

「さア、歩きましょうよ。」

たか子は、立ち上った。木綿の白いスカートが、吹き上げる風に膨らみ、ほつれ毛が、頬で動いた。たか子の強い光りのある眼は、山の方を見ていた。

「私、小杉さんに、どう思われたっていいの。」また唇だけで微笑した。「事実があるだけだもの。ただ、私は、あの鹿島を自分から追い出したいのよ。」

たか子もまた、赤い岩肌に揺れる影を浮かべているのにちがいないと思った。

歩きながら、

「あたくしにね、いま、再婚の話があるんです。田舎の新制中学の校長さんよ。齢はあなたと同じくらい。子供がやっぱり二人あるわ。この五月から話があって、母も喜んでます。毀《こぼ》れもの同士よ。私、そうしようかなと思うの。田舎で、何も考えないで、ぼんやり暮すの。そう決めて、それでその前に、小杉さんをお誘いしたのよ。」

「いつ行くの?」

「帰ったら、すぐ。明日にでも。仙台に、ぐずぐずしていたくないの。」

たか子は、足を速めた。小型リュックのニュームの湯呑が躍った。水色ソックスから出た青白いふくら脛と、胴のくびれた白スカートの腰を見ながら、喬はその背中に云った。

「一生、田舎に埋れるわけだね。君みたいな才媛で美人がね。へえ。」

「そうよ。私は、いいお母さんになるの。」

「そしてまた和歌でもやるか。わが道を往く、だね。」

「そうよ。私には、静かで、幸福な道よ。」

「さア、どうかな？」

「幸福だわ、幸福だわ。」

「たか子！」

彼は、立ちどまって、低く呼んだ。

「その話は、断ってくれないか。僕といっしょにいてくれ。」

たか子も立ちどまった。背中が動かなかった。急にふり向くと、飛びつくように、冷いすべすべした腕を、彼の首に捲いた。

「駄目。駄目。もうそんなこと云っちゃ、駄目よ。ねぇ。」

胸に顔をつけて、グッグッと泣いた。

「私は、どうなるの？」

その肩越しに、一歩向うの羊歯の繁みの下に切りそいだ崖を見ると、ふわりと宙に浮かぶ二人の影が掠めたが、喬は顫《ふる》える背中に手を廻して、無言で歩き出した。

『蔵王・蘇える女』より　抜粋

解説

作者は一九一二年静岡県生まれ。早稲田大学を卒業すると、当時の満州国（現在の中国東北部）外交部に勤務していましたが、終戦後に帰国。少しのあいだ仙台に滞在していましたが、やがて上京して執筆活動に専念しました。

一九五八年に発表した『赤い雪』で、直木賞を受賞しています。この『蔵王』は、それに先立つこと一九四九年に雑誌『文藝』に発表した作品でした。その前年に書いた『渦』がデビュー作品ですから、デビュー二作目ということになります。作者自身、『渦』『蔵王』そして三作目の『蘇える女』三篇の主題は同じ頃に考えたものだと述べています。

さて、この作品の主人公は小杉喬という男性。小杉は外地で十年近く官吏を勤め、引き揚げ後に妻の故郷である仙台で役所の嘱託職員として働きながら、小説を書いています。なんだか、作者と境遇が重なっているかのようです。

ある日、小杉は友人宅で一人の女性を紹介されます。それが、宍戸たか子でした。小杉には妻と子がいましたが、たか子に対する心が燃え上がります。

「蔵王の青根温泉へ、ひと晩泊りでゆきましょうよ」。そうたか子に言われたのは、出会って三か月後のことでした。妻には役所の人たちと出かけてくると言い残し、仙台から列車とバスを乗り継いで蔵王を訪れました。そして二人は、一夜を共にします。

その翌日、二人が峩々《がが》（峨々）温泉を目指して歩くところが今回の抜粋部分です。「残酷そうなとこがあるわ」と、たか子は蔵王を評しました。この小説のタイトルが『蔵王』であること自体、作者は主人公とたか子の思惑を蔵王の山に結びつけて描き出したかったのでしょうか。そして、蔵王を後にした二人の運命はいったいどうなるのか、気になります。

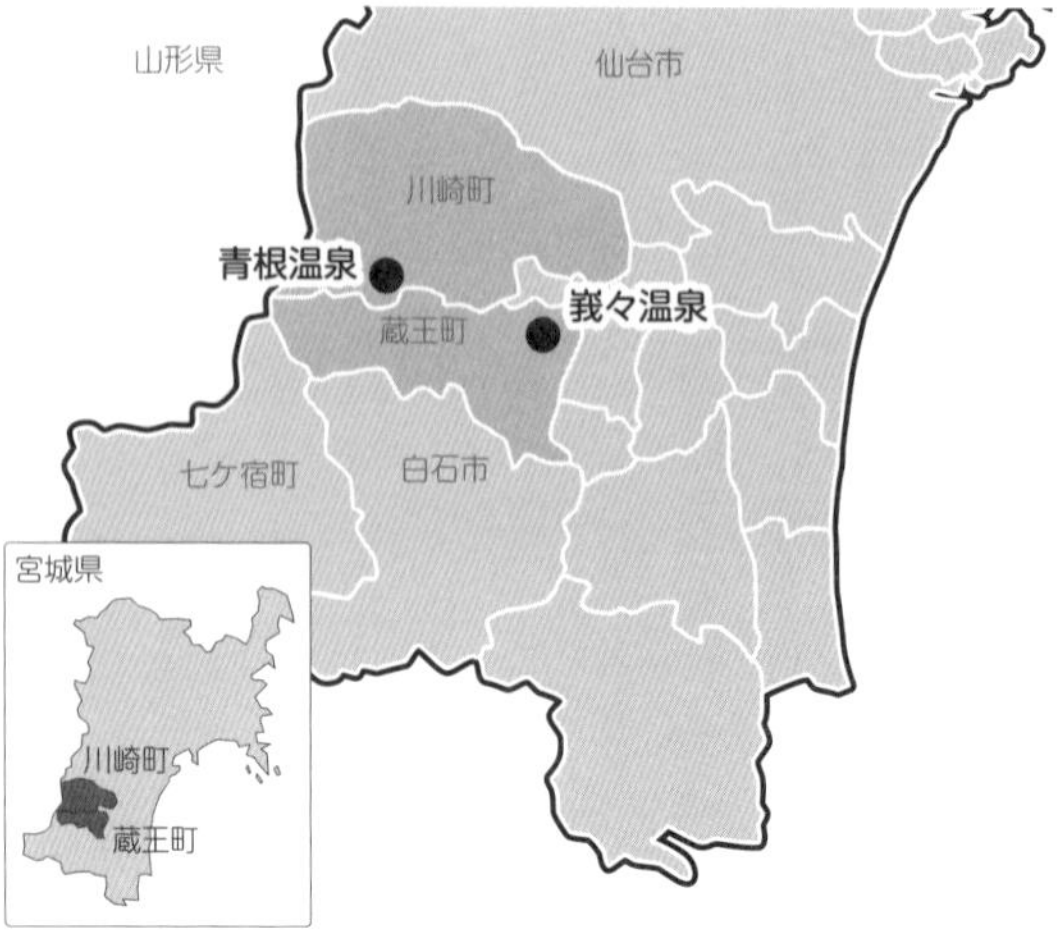

榛葉英治

（しんば　えいじ）1912〜1999

静岡県掛川市生まれの小説家。1937年に早稲田大学英文科卒業後、満州に渡り満州国外交部に入る。1946年に日本に帰って東北連絡調整事務局に勤めるが、1948年辞職して上京。創作活動に専念する。満州の頃の経験を元に描いた『赤い雪』は、1958年に直木賞を受賞した。

『蔵王・蘇える女』
東京文庫／1951年

蔵王越え

新田次郎

宿に帰ると、二人に宛てた洋子からの手紙が待っていた。関根脩治が封を切って、帆村実と顔を並べて読み始めた。

(帆村さんと関根さんが蔵王《ざおう》の高湯におられることを知って、大変驚きました。だって、私達は蔵王の東と西に向き合っているんですもの)

手紙の表書には関根の名前が先で、第一行目の冒頭には帆村の名前が書いてあるのに関根はちょっと変な気がした。洋子が蔵王の東山麓の峨々《がが》温泉にスキーをやりに来てもう一週間にもなるということも意外であった。洋子は関根の妹からの手紙で二人のことを知ったらしかった。

(脩治さんたら、なんて意地悪の方なんでしょう。そういう計画があったら、私を誘って下されればいいのに、私の下手なスキーの相手をしていたら思う存分滑れないからって……そう云うわけかも知れないけど……)

ちょっと頰をふくらめて、軽く睨んで見せる洋子の澄んだ大きな眼が関根の頭に浮んだ。帆村が誘いかけさえしなければ、当然洋子を誘うつもりだったが、……彼はその責任を帆村にかぶせかけながら、実は洋子とのスキー行は、帆村のいない時を選びたかったのだと、心で洋子に弁解していた。

(帆村さんの胸のすくようなあのすばらしいジャンプターンを、今年の冬も見せて頂きたかったけれど……)

洋子を帆村に紹介してやった赤倉スキー場のことを関根は思い出した。真紅のアノラックに真紅の手袋、雪の中に咲いた花のような服装をした洋子が帆村のスキー技術に讃辞を浴びせていたことは、関根にとってあまりいい印象として残ってはいなかった。

(お二人のスキーの腕前ならば、刈田越えのツアーコースを通って峨々温泉まで来ることはそう困難ではないでしょう……わたしは、かすかな希望を持って待っています)

洋子の手紙はそこで終っていた。洋子と記名して、帆村実の名前を先にして、二人の名前

が書いてあった。追伸として、

（でもこの蔵王越えは難コースだっていうから御無理をなさらないでね）

後半面が空白だった。手紙を覗き込んでいる帆村の呼吸《いき》が関根に感じられる。赤倉で帆村に洋子を紹介してから、二人が交際しているかどうかは関根は知らなかったが、洋子がこの手紙を書くに当っての気の使い方が関根には不満であった。彼は洋子が自分の名宛で手紙をくれその中に帆村のことをちょっと触れる程度にして置いて貰いたかった。当然洋子との関係は友情以上のところまで行っていると思っていたのに、この手紙に書いてある関根と帆村に対しての名前の序列も、字数の配分もほぼ平等であって、いわば二枚の切手代を一枚で済ましたような手紙が、どういう意味を持っているのか、関根には分らない。彼は白い余白を見詰めていた。

「やって見るかな……」

帆村の突然の発言は関根の気持を更に動揺させた。やって見ようという計画をずっと前から洋子との間にしてあって、その決心を自分自身に云って聞かせるようでもあったし、関根の気持を確かめるふうでもあった。危険だよ、あのコースは、と関根に云わせて、じゃあ俺一人でやろうと云いそうにも思える。

「勿論僕はやるさ」

関根はそう云ってから、それでは一人でやれと、帆村にうまく身をかわされた場名、どういうことになるか、ちょっと不安でもあった。

「相当な強行軍だな」

帆村が云った。お前の技術で大丈夫かと念を押されたように関根には聞えた。

(ふん帆村の奴め、ゲレンデスキーに毛の生えたくらいの腕をして、それを鼻にかける……)

「……だが帆村、このツアーコースにはジャンプターンを使って見せる必要もあるまいからな……」

帆村の顔が瞬間こわばったが、彼は煙草を一本出して、それに火をつけながら、

「じゃあ、やることにしよう」

言葉は短かかったが、動かすことのできない結論になっていた。気まずい空気が二人の間をとりまいていた。帆村は関根の頭ごしに、電灯目がけて、しきりに煙草の輪を吹きかけていた。

二日待っただけで、二日目に二人にとって幸運とも不幸とも云い難い好天気がやって来た。霧《ガス》の多い蔵王でこういう天気は珍らしいことであった。彼等は七時過ぎにドッコ沼の山の家を出発していた。遅くとも、午後の三時までには山を越えて峨々温泉につく予定だった。ザンゲ坂を登るに従って樹氷の怪物《モンスター》はその奇妙な姿を更に怪異に変えて見せた。樹氷の円塔や尖塔の輝きと、それらが作る影の交錯の中に太陽はゆっくり上っていった。熊野岳一八四一メートルの頂上にスキーをかついで二人が立った時は十一時に近かった。強い西風が吹き上げていた。その西風に正対して遠くを見ていた帆村が振り返って関根に云った。

「どうもよくないな」

彼はそう云いながら首を振った。

「なにがよくないんだ」

「朝日岳に雲がかかっているぞ」

山形盆地へだてて遠くに出羽三山、朝日岳が見えた。朝日岳の頂きに笠雲がかかっていた。重量感のない、吹けば飛ぶような軽い雲に見えていながら、ひどく粘着力を持って山の頂きにしがみついていた。

「あの雲がどうしたんだ」

「朝日岳に雲が出ると、蔵王にも必ず雲がかかる、云わばこれが冬の法則のようなものなんだ」

帆村はそう云って、かついでいたスキーをそこに下ろして関根の顔を見た。帆村がそういうことを誰からか聞いて知っていることの驚きは別に、そういう調査を帆村が勝手にやったのだと考えると不愉快になった。帆村に大事なことを一つだしぬかれたような気がした。

「で、引返そうと云うのか」

「その方がいいと思うが」

帆村の顔に不安の色があった。確かに帆村は天候の変化をおそれているのだな、そう思ったとたんに関根は、

「僕は引返さないよ、急げば天気が変るまでには峨々温泉につけるだろう」

そう云って、帆村がどう出るかを待った。

「大変なことになるかも知れないが、どうしてもそうするのか」

帆村は関根の決心を確かめる積りらしく、雪眼鏡《サングラス》の奥で眼を光らせていた。

「やるよ、スキーツアーには自信がある」

そう云ってから関根は、すぐばかなことを云ったものだと思った。自信があるということは、自信がないことを、スキー技術において一歩自分より先んじている帆村の前に告白したようなものだった。

「ことわっておくがな関根、僕は君と競争しているのではないんだよ。パーティなんだよ僕等は、妙な意地の張り合いはやめようじゃないか——勿論君がどうしてもやるというなら僕は同行するがね」

関根はそう云う帆村の顔を、負けるもんかこいつに、そう思いながら睨んでいた。

熊野岳から南方二キロメートルのピーク、刈田岳一七五九メートルの頂上に刈田嶺神社の小さい祠《ほこら》が高い石垣にかこまれている。氷の殿堂となって西風に耐えていた。

そこまで来ると、天候は明らかに変化していた。朝日岳にその兆候を見せた雲は翼を早い速度で東へ東へと延ばしていた。輝いていた太陽の光がうすらいだのは、既に眼で見える雲よりは、もっと大掛りの雲が襲《お》し寄せつつある前提でもあった。

「やって来たな」

帆村はそう云って、ふくらんだリュックザックをゆすり上げた。どうだ俺の云うとおりだろう、そう云っているようだったが、関根にしても、その気象の変化を見逃すことはできなかった。

「清渓小屋に逃げこむか」

続いて帆村が云った。山の南面を滑り降りて清渓小屋に行きつくことは、霧にかこまれないかぎり距離的に云ってそうむずかしいことではないと思われた。

「びくびくするな帆村、飛ばせば一時間半で峨々温泉まで行けるぞ」

そこで洋子が待っているんだ。関根はスキーのストックを持ち直した。ウインドヤッケを被った帆村の頭が関根の方へちょっと動いた。ふん、大したスキーの腕前でもないくせに、そう鼻であしらっているようだった。第一の指導標を吹きさらしの尾根に発見することは容易であったが、第三の指導標のあたりから、樹氷群を切り開いた、ゆるやかな直線コースに掛った時、全く突然に、いきなり灰でもぶっつけられたような濃い霧が二人を取り巻いた。二人の上げたスキーの粉雪がそのまま雪に化けたような早業であった。足元も見えない程の濃い霧であった。盲《めくら》にされたも同然であった。声を掛け合うことで、相手を確かめ、位置の観念が一メートルばかり延びたが、沈黙すると、下り坂を進んでいるという感覚以外にはなにも残らなかった。スキーという重宝な足は、ここではかえって危険であった。

「帆村、ひどいガスだな」

関根が声をかけた。帆村の云うとおりにして、熊野岳の頂上から引返すべきだったと後悔しながら、今更、それを詫びるのも、体裁が悪かった。

「おい関根、もっと近くに寄ってくれ、相談がある」

帆村が霧の中で云った。地図を開く音が聞えた。地図をリュックザックの上に拡げて、その上に磁石を置き、地図をなめるようにして見ながら、

「この地点にいることだけは確かなんだ、清渓小屋は一キロそこそこの所にある。この辺から東南東に向って歩けば、井戸沢《いどざわ》と金吹沢《かなぶきざわ》に挟まれて、清渓小屋がある筈だ。この二つの沢の間に入って、付近を探すのだ。多分見つかる。そう心配はいらない。こういう場合は歩き過ぎないことなんだな」

帆村が磁石を持っていたことと、ガスに巻かれて、すぐそうした落着いた態度を見せたことを関根は意外に感じた。

「これからどうするんだ」

と関根は云ってしまって、二人のパーティのリーダーはこの瞬間から帆村の手に握られるのではないかと、フト思った。そうはさせたくない、そうすれば洋子の前で帆村に頭を下げたことになる。

「目標のないガスの中で、磁石は余り役には立たないが、切り開きの道を踏み外さないように進むにはいくらか便利だろう」

そう云って帆村は関根を先に歩かせておいて、背後から地図と磁石で大体の方向を大声で知らせてやった。歩いた距離は歩数で数えていた。霧の中のこうした航法は遅々として進まなかったが、それでも関根は、地図と磁石によって動いていると考えるだけで、間もなく清渓小屋に行きつくような気がしていた。帆村にリードされているのではない、五分と五分の協力なんだと、自分に云い聞かせていた。

霧はいよいよ濃くなって、自分の手が見えなかった。いつか切り開きの道から樹林に踏み込んでいた。道を失ったと知った時から、関根は帆村の航法に疑問を抱いた。

「そんなことをやっていたら、日が暮れるぞ。大体この辺だと見当がついてるんだから、歩き廻って探した方がいいじゃないか」

関根の理窟は多分に偶然性に頼ろうとしているものであったが、霧の中の行動半径を有効的に拡げるという意味で確かに一理はあった。

「いや、そんなことをしちゃだめだ」

「なぜだ」

「なぜだって？　その説明も不要なくらい明らかのことだ。この濃霧の中をさまよい歩いて、疲労して、日が暮れて、寒気が来て、次にはなにが来る、こういう場合の常識ぐらい君だって知っているだろう」

霧の中の帆村の声は関根を叱り飛ばしているようだった。

「僕に説教してるつもりなんだな」

「おいおい関根、どうかしてるぜ君は、こうなったらやることは一つだ、雪洞《せつどう》を掘って、もぐり込むしか手はないんだ」

関根は心では帆村に賛成していたが、帆村の落着きぶりが自分より上に立とうとしている、見せかけに感じられると、なんとしても、そうしようとは云えなかった。

「この雪の中でどうして野宿《ビバーク》ができるもんか、夏山じゃあるまいし」

「じゃどうするんだね君は」

「あくまでも小屋を探すさ」

「どうしてもそうしたいなら君だけはそうしたまえ」

帆村の突放すような言葉がぷつりと消えると、スキーの締金をはずす音がして、続いて雪を掘る音が聞える。

「日没まで二時間はある。それまでに雪洞を掘ることができるぞ」

「二時間あれば、俺は小屋を探して見せる」

関根は雪の中に踏み込んでいった。十歩も歩かないうちに彼は樹氷を被っている立木にぶつかって、突き飛ばされたように雪の中に倒れた。

「無理するな関根、穴掘りの手伝いをしろ」

そう云う帆村を関根は心の底から憎んだが、その場を立ち去ることはできなかった。彼はスキーを脱いで、帆村とともに傾斜面に穴を掘りながら、帆村より俺の方が倍も力があるし、穴掘りもうまいんだと自負していた。

「夜になると風が出るぞ」

帆村が云った。

「おどかすつもりなのか」

「吹雪になるんだ、だから風と反対側に穴を開けようとしている……」

「この穴で夜の寒さに耐えられるのか」

「今夜一晩だけならば、おそらく僕等は生きておられるだろうよ」

霧と霧が話し合っているように二人の顔は見えなかった。

『吹雪の幻影』より　抜粋

解説

　山岳小説を得意とする作者が、一九五七年に発表した短編小説です。関根と帆村という二人の男性が蔵王の西側、山形県にある蔵王温泉（高湯）でスキーを楽しんでいました。そこへ蔵王の東側、宮城県の峨々温泉にいるという洋子からの手紙が舞い込みます。

「刈田越えのツアーコースを通って峨々温泉まで来ることはそう困難ではないでしょう」という誘いの文句に、洋子を慕う関根は、蔵王越えを決意します。やがて好天を待って出発した二人でしたが、すぐに天候が悪化。冬の蔵王の脅威にさらされることになったのです。

　冬の蔵王といえば、「樹氷」が有名で、作中にも「樹氷の怪物《モンスター》」という表現で登場しています。樹氷というのは、霧が氷と化して樹木に付着するという現象で、これはスノーモンスターとも呼ばれるのです。条件さえ整えばどこでも見ることができるはずですが、実際には蔵王をはじめごく限られた地域でしか見られません。

　冬期に西高東低の気圧配置になると、シベリアからの季節風が日本海で水分を含み、山形県の庄内平野に大雪を降らせます。そして残った水分が蔵王連峰にぶつかったときに、そこに自生するアオモリトドマツの葉などに氷となって付着。これが、その形から「エビの尻尾」と称されます。その尻尾が徐々に大きくなって、立派な樹氷を完成させてゆくことになるのです。

　雪山の斜面に無数の樹氷が立ち並ぶ様子は、まさに壮観です。冬期に蔵王へと登ること自体は、この作品にも描かれているように危険をともなう行為ですが、現在では樹氷も大切な観光資源。山麓から雪上車に乗って、樹氷見学に回るツアーなども用意されています。

蔵王に立ち並ぶ樹氷。

新田次郎
(にった　じろう) 1912〜1980

長野県諏訪市生まれの小説家。無線電信講習所卒業後、中央気象台に勤務する。富士山頂に測候所を建設した当時の担当課長だった。現職中から執筆活動を開始し、山岳小説の分野を拓く。1956年『強力伝』で直木賞を受賞。没後、その遺志により新田次郎文学賞が設けられる。

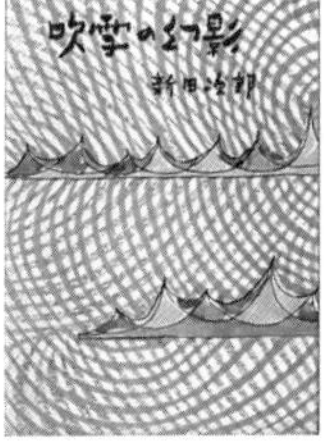

『吹雪の幻影』
朋文堂／1957年

三千里

河東碧梧桐

十一月二日。曇。

道案内の若者が、早く早くとせき立てる。午前七時半高湯を出た。落葉で埋まった急な上りをしばらく来ると、竹に似て節のある葉も何もない黒い幹がスイスイ林をなしおる。高さが二間位に揃っておる。虎杖《いたどり》じゃという。見ると山胡蘿蔔《やまにんじん》も、同じ大きさの高さに枯れておる。若者が虎杖を一本杖に切って行く。

蔵王山《ざおうさん》は地蔵《じぞう》、熊野《くまの》、刈田《かった》の三つの峰の総称で、今上るのは地蔵じゃという。若者は字が読める。参謀本部の地図を見て、字が違っておるという。この辺は冬になると万事休すなどという。一里余来ると、雑木林が無くなって、五葉松交りのツガ林になる。熊笹がその間に茂っておる。道はかなりに急じゃ。ツガがだんだん丈低《たけひく》くなる。梢が枯れて来る。松が多くなって、ツガの外に細かい葉の榊《さかき》に似た木も交る。ドーダンの裸木も見える。石楠木《しゃくなげ》もボツボツある。芒に似て穂の枯れた草が一面に木のない処を埋めておる。上るに随《したが》って木も草も同じ丈になる。地を這うように茂る。蔵王の絶頂熊野岳を眉の上に仰ぐようになって、もう草も木もない。赭《あか》黒い石屑がただ磊塊《らいかい》とあるのみである。

石を積んだ助小屋《すけごや》の崩れた跡にはいってしばらく休む。もう二里来たそうじゃ。小屋から出ると、右側から吹き当てる風は遽《にわ》かに烈しくなった。帽子《ぼうし》を手拭《てぬぐい》で縛りつけて、蓙《ござ》をひたと身に巻きつける。熊野の頂上を望んで、焼石の原をかけ上る。蓙を吹き取ろうとし、小石を吹き飛ばす風は更に寒くて冷たい。処々霜柱が立っておる。ザクザクと踏み摧《くだ》く。蓙を抱えた両手はとく凍って覚えがない。

絶頂に蔵王権現がある。四方に丸く石垣を結うて安置してある。左に会津の飯豊《いいで》、中央に羽越国境の朝日、右に月山と遥かに鳥海の峻峰《しゅんぽう》を指呼《しこ》する。鳥海の頂きには一抹の雲が揺曳《ようえい》しておる。後ろを見ると磐陸《ばんりく》の平野が展開して一条阿武隈《あぶくま》の帯の如き流れを雲霧の間に瞰下《かんか》する。

絶頂を後ろに直下すると、噴火口の大穴が見える。穴の側を辿るように道の跡がある。真向いの風を肩できって、一生懸命に駈ける。突然あれを見ろと若者が声を掛けた。十尋《とひろ》★1もあろうと思われる穴の底に真青に輝くものがある。火口の沼であると気づく。水の色が一種の形容し難い青みを帯びてむしろ物凄い。丹礬《たんばん》★2を水銀で溶いてもこういう色は出ぬと思う。秋晴の空を一層濃くしてそれを稲妻の光りで見るような心持もする。截《き》り削《けず》り劈《か》き裂《さ》いた火口層の満目《まんもく》ドス赭《あか》い死灰色と相対照して、火口の大蛇が玉を含むものかとも疑われる。吹きさらす風の寒さも忘れてしばらく見詰めておる。こちらの隅がきらきらする。輪を画く波が真中に動く。光鋩《こうぼう》浮動の趣きがある。峰颪《みねおろし》の風が吹きまぎれて時々玉面《ぎょくめん》を摩するのである。遽然《きょぜん》はらはらと大粒の雨が十粒ほどこぼれる。この緑の玉の上に白銀の針を垂れたようであった。

刈田《かった》の頂上に案内者と別れて、石の上に小石を積んだ道しるべを心あてに、ひた走りに山を下る。時々道を失してまた元の道に戻る。ドーダンの林をなしておる危険な道を坂落しに下りて、赤錆びた水の流れのほとりに出る。一廓の家構えは志す峨々《がが》温泉である。

一浴を試みて一時間立たぬうち、強雨大雨霰《あられ》交りに軒を打って来た。山は大荒れになったのである。若者はどこでこの荒れに会ったかと思う。(陸前峨々温泉にて)

十一月三日。雪。大雨。

起きて見ると、満目斑白《はんぱく》な光景で、蔵王颪の大吹雪は谷を埋めよと吹きおろす。主人の句を乞うまま、

菊の日を雪に忘れずの温泉《ゆ》となりぬ

と書く。蔵王は歌によんで不忘山《ふぼうさん》ともいう。終日海鼠《なまこ》のようにちぢかまって閉居した。惨憺たる天長節じゃと思う。

峨々温泉は村田某一人の経営に成るものであるが、建物の棟は数箇に分れておる。前に截《き》り立てた屏風《びょうぶ》岩が立っておる。裏の楢《なら》の林の枯れたのが覆いかかっておる。高林痩石米家山の趣きである。

主人は書画癖の男で、古今名家の幅《ふく》を数多蔵《あまたぞう》しておる。もと上州前橋に住しておって文人墨客《ぶんじんぼっきゃく》と常に往来しおったとやら。主人の自賛談に曰く、蕪村《ぶそん》もしばらく自宅に逗留した。一日田舎芝居が忠臣蔵を演ずる由を聞いて、人々の見に行った留守中、自分も忠臣蔵を見たというて、書いた戯画がある。即ちこれである、と全紙の大幅《だいふく》を出して見せる。大序《だいじょ》より引

上までを例の疎画《そが》で一面に書いたものであった。

ゆうべ持って来たというて、兎《うさぎ》を料理する。天長節の祝いに汁粉をつくる。雪を見て汁粉を食うのも山中じゃ。(陸前峨々温泉にて)

『三千里(上)』より　抜粋

★1　十尋＝約十八メートル。縄・水深などを計る長さの単位。一尋は六尺。

★2　丹礬＝胆礬。鍾乳状の鉱物。

解説

作者は、正岡子規と同郷の松山（愛媛県）出身。同級生であった高浜虚子とともに子規に俳句を学びました。

旧制中学校を卒業すると、京都の第三高等中学校（現在の京都大学）に進み、学制改革のため仙台にある第二高等中学校（現在の東北大学）に転じました。しかし中退して上京。子規のもとで俳句の革新に情熱を注ぎます。

その作者が一九〇六年から一九一一年まで、二回に分けて全国行脚に出かけました。その紀行をまとめたのが『三千里』と『続三千里』。

『三千里』では、東北地方の行脚が記されています。蔵王を越えたのは、一九〇六年十一月のことでした。「絶頂に蔵王権現がある」と書いているのは、「蔵王」というこの連峰の名の由来になった蔵王権現を指しています。

現在でこそ蔵王は、温泉やスキー場で有名なリゾート地となっていますが、元来は信仰の山でした。もともとこの山は、「刈田嶺」あるいは「不忘山」と呼ばれていましたが、蔵王権現が祀られたことで、その名で呼ばれるようになりました。

蔵王権現は、修験道の開祖である役小角《えんのおづの》（えんのおづぬ・役行者《えんのぎょうじゃ》とも）が吉野（奈良県）で感得し、金峯山寺に祀った日本独自の仏。青黒い身体で三つの眼をもち、憤怒の形相で立つ明王の姿で表現されます。

刈田岳山頂に勧請《かんじょう》され、山麓の遠刈田温泉にはその里宮である刈田嶺神社が祀られています（現在の祭神は天水分神《あめのみくまりのかみ》・国水分神《くにのみくまりのかみ》）。平泉に奥州藤原氏が繁栄していた時代にその庇護を受けたといいますから、長い歴史のある山だといえるでしょう。
その後も修験の道場として栄え、江戸時代後期には、一般の人々もこぞって参詣するようになりました。夏は山頂へ、冬は里宮へと詣で、大いに賑わったようです。宮城の平野部から遙かに望む峰々は、まるで大きな壁が屹立するかのように壮大で、聖なる山であることを実感させてくれます。

里宮である、遠刈田の刈田嶺神社。冬には、山頂からこちらへと遷座される。

河東碧梧桐
（かわひがし　へきごとう）1873〜1937

愛媛県松山市生まれの俳人・随筆家。兄の学友だった正岡子規の影響で俳句に近づき、中学の同級生、高浜虚子とともに子規の門下に入る。子規の死後、新聞『日本』の俳句欄を引き継ぐが、やがて定型にとらわれない自由律の俳句を創作。また、ジャーナリストしても活躍。与謝蕪村の研究でも知られる。

『三千里（上）』
講談社／1973年

伊達政宗・仙台藩

伊達政宗

菊池寛

伊達《だて》氏《し》は藤原氏《ふじわらし》の支族《しぞく》である。文治年間《ぶんじねんかん》には時長入道念西《ときながにゅうどうねんさい》が常陸《ひたち》の伊佐《いさ》を領《りょう》していて、その子為宗《こためむね》と共《とも》に頼朝《よりとも》の奥州征伐《おうしゅうせいばつ》に加《くわ》わって功《こう》を樹《た》てたので、伊達郡《だてぐん》を与《あた》えられ以後《いご》その地《ち》に移《うつ》って、伊達《だて》を以《もっ》て氏《うじ》とした。

その後裔《こうえい》伊達行朝《だてゆきとも》は、北畠親家《きたばたけちかいえ》及《およ》び親房《ちかふさ》に従《したが》って足利氏《あしかがし》を討《う》って勤王《きんのう》の功《こう》があったが、その孫《まご》の政宗《まさむね》がまた兵《へい》を起《おこ》して鎌倉管領足利満兼《かまくらかんりょうあしかがみつかね》と争《あらそ》った。だから、伊達家《だてけ》には政宗《まさむね》が二人出《ふたりで》たわけだ。『なか〳〵に九十九折《つづらおり》なる道《みち》たえて雪《ゆき》に隣《となり》の近《ちか》き山里《やまざと》』などの名歌《めいか》を詠《よ》んだのは、この政宗《まさむね》だ。

戦国時代《せんごくじだい》になって晴宗《はるむね》、輝宗《てるむね》と相継《あいつ》ぎ、その子政宗《こまさむね》の時《とき》に遂《つい》に奥羽《おうう》の龍《りゅう》と謳《うた》われるようになったのだ。

だから、あまり系図《けいず》のアテにならない戦国時代《せんごくじだい》の武将中《ぶしょうちゅう》では、素性《すじょう》のいゝ方《ほう》である。現在《げんざい》の大名華族《だいみょうかぞく》の中《うち》、八百年近《ねんちか》く続《つづ》いている名家《めいか》は島津《しまづ》、伊達《だて》、松浦位《まつうらぐらい》だ。

政宗《まさむね》は幼字《ようじ》を梵天丸《ぼんてんまる》と云《い》った。十一歳《さい》で遠祖《えんそ》の名《な》を襲《おそ》って政宗《まさむね》と改《あらた》めたが、後《のち》に水尾天皇《みずのおてんのう》の御諱《おんいみな》、政宗《まさむね》を憚《はばか》って正宗《まさむね》と改《あらた》めたと云《い》う、然《しか》し彼《かれ》の自筆《じひつ》の書状《しょじょう》には、両方《りょうほう》とも使《つか》っている。

政宗《まさむね》は天正《てんしょう》十三年《ねん》十月《がつ》、十九歳《さい》の時《とき》に思《おも》わぬ事件《じけん》で父輝宗《ちちてるむね》を失《うしな》った。と云《い》うのは、二本松《にほんまつ》城主畠山義継《じょうしゅはたけやまよしつぐ》が力窮《ちからきゅう》して伊達氏《だてし》に降《こう》を入《い》れたが、条件《じょうけん》があまり過酷《かこく》で自立出来《じりつでき》ないと云《い》うので、遂《つい》に詭計《きけい》を用《もち》いたのだ。

天正《てんしょう》十三年《ねん》十月七日夜《がつかよ》、義継《よしつぐ》は輝宗《てるむね》、政宗《まさむね》に謁《えっ》し、なお寛裕《かんゆう》の処置《しょち》を感謝《かんしゃ》し度《た》いと云《い》って、伊達成実《だてなりざね》に取次《とりつぎ》を乞《こ》うた。翌八日《よくか》、輝宗《てるむね》は宮森城《みやもりじょう》で義継《よしつぐ》を引見《いんけん》したのである。ところが、輝宗《てるむね》が、退出《たいしゅつ》する義継《よしつぐ》を門《もん》まで送《おく》って出《で》ようとすると変事《へんじ》が突発《とっぱつ》した。

義継《よしつぐ》は地《ち》に手《て》を突《つ》き、竹垣《たけがき》に沿《そ》うて立《た》っている輝宗《てるむね》に向《むか》って、(此《こ》の度《たび》は色々過分《いろいろかぶん》の御馳走《ごちそう》、その上吾等《うえわれら》を殺害《さつがい》なさるゝ由《よし》)と云《い》いざま起《た》ち上《あが》って、左手《ひだりて》で輝宗《てるむね》の胸倉《むなぐら》を鷲掴《わしづか》みにしたかと思《おも》うと、右手《みぎて》には早《はや》、輝宗《てるむね》の腰《こし》のものを抜《ぬ》いていた。無論《むろん》、諜《しめ》し合《あわ》せてあったものと見《み》えて、義継《よしつぐ》の家臣《かしん》七八名《めい》は咄嗟《とっさ》に二人《ふたり》をバックアップして、伊達《だて》の家来《けらい》を寄《よ》せ付《つ》けない。

(騒《さわ》ぐまい伊達《だて》の衆《しゅう》、害《がい》は加《くわ》えぬが人質《ひとじち》にする)といいながら豪力《ごうりき》の巨漢義継《きょかんよしつぐ》は、矮身短躯《わいしんたんく》の輝宗《てるむね》を門《もん》の所《ところ》まで拉《らっ》して来《き》た。

(門《もん》を閉《た》て、門《もん》を閉《た》て!)と、叫《さけ》んでも出会《であ》う者《もの》さえなかった。

小浜《こはま》(政宗《まさむね》の陣所《じんしょ》)から来《き》ている者《もの》は、持《も》って来《き》た武具《ぶぐ》を大急《おおいそ》ぎで、身《み》に着《つ》けたが、宮森《みやもり》(輝宗《てるむね》の陣所《じんしょ》)の者《もの》は大部分《だいぶぶん》は素肌《すはだ》のまゝで義継《よしつぐ》の家来《けらい》の半沢源内《はんざわげんない》だの遊佐孫九郎《ゆさまごくろう》、月館某《つきだてぼう》と云《い》った凄《すご》いのに弓《ゆみ》や抜刀《ばっとう》で取《と》り籠《こ》められて、拉《らっ》し去《さ》られる君主《くんしゅ》を(あれよあれよ)と云《い》うばかりで、救《すく》うことも出来《でき》なかった。此《こ》の事件《じけん》の責任者《せきにんしゃ》であり、現場《げんじょう》にも居合《いあわ》せた伊達成実《だてなりざね》の所記《しょき》、伊達日記《だてにっき》には、

(呆《あき》れたる体《てい》にて取巻申高田《とりまきもうしたかだ》と申所迄《もうすところまで》、十里余《りあま》り参候《まいりそうろう》)と記《しる》しているが、狼狽《ろうばい》の状睹《じょうみ》るが如《ごと》くである。

鷹野《たかの》に出《で》ていた政宗《まさむね》は、変《へん》を聞《き》いて高田《たかだ》に駈《か》け付《つ》けると此《こ》の有様《ありさま》である。

これまでは、人質《ひとじち》を出《だ》せと言《い》っていた伊達方《だてがた》が、あべこべに、かけ換《が》えのない父公《ふこう》を質《しち》に取《と》られ、両者《りょうしゃ》の地位《ちい》が逆転《ぎゃくてん》しようとしているのだ。しかも相手《あいて》は非常手段《ひじょうしゅだん》に出《で》ているのだ。

敵《てき》の城主《じょうしゅ》が自《みずか》ら乗《の》り込《こ》んで来《き》て、呀《あ》っと云《い》う間《ま》に当方《とうほう》の城主《じょうしゅ》を攫《さら》って行《ゆ》くなんて、思《おも》い切《き》った鮮《あざや》かな手《て》だ。二本松城内《にほんまつじょうない》に拉致《らち》されてしまっては、万事休矣《ばんじきゅうす》！　だ。寸刻《すんこく》も躊躇《ちゅうちょ》する場合《ばあい》ではない。

政宗《まさむね》は咄嗟《とっさ》に、玉石倶《ぎょくせきとも》に焚《た》くの決心《けっしん》で発砲《はっぽう》を命《めい》じた。だが、流石《さすが》に家来達《けらいたち》は応《おう》じかねて、遠巻《とおまき》にしたまゝ暫《しば》し逡巡《しゅんじゅん》していた。

突如銃声《とつじょじゅうせい》一発《ぱつ》。それに続《つづ》いて釣瓶《つるべ》打《う》ちの銃声《じゅうせい》が伊達勢《だてぜい》から起《おこ》った。鉄砲《てっぽう》の煙《けむり》が霽《は》れた後《あと》には、伊達輝宗《だててるむね》と畠山義継及《はたけやまよしつぐおよ》びその部下《ぶか》五十人《にん》の骸《むくろ》が横《よこ》たわっていた。とにかく、政宗《まさむね》は敵《てき》と共《とも》に父《ちち》を殺《ころ》したわけで、流石《さすが》に気《き》が咎《とが》めたと見《み》え、父輝宗《ちちてるむね》の方《ほう》から、(かまわず撃《う》て！)と、命《めい》じたと云《い》うことになっているが、しかし不敵《ふてき》の政宗《まさむね》であるから、父《ちち》を救《すく》いがたしと諦《あきら》めて、発砲《はっぽう》させたに違《ちが》いなかろう。

悲憤《ひふん》の政宗《まさむね》は義継《よしつぐ》の屍体《したい》を索《もと》めて磔《はりつけ》にした。以後政宗《いごまさむね》は全《まった》く独裁《どくさい》の主将《しゅしょう》として、畠山《はたけやま》、蘆名以下《あしないか》の諸氏《しょし》を仆《とう》し、会津《あいづ》四郡《ぐん》、仙台《せんだい》七郡《ぐん》を攻《せ》め取《と》り、米沢城《よねざわじょう》から黒川城《くろがわじょう》(会津若松城《あいづわかまつじょう》)に移《うつ》って奥羽《おうう》の関門《かんもん》を掌握《しょうあく》し、将《まさ》に南下《なんか》の勢《いきおい》を示《しめ》したのである。

『菊池寛全集 第十五巻』より　抜粋

解説

「独眼竜」と称され仙台のシンボルともいえる戦国時代の武将、伊達政宗。映画やテレビ、アニメーションやゲームに至るまで現在なお絶大な人気を誇り、さらに宮城県では土産物やシンボルマークなど、いたる場面で政宗をあしらったデザインが見られます。

政宗の生涯は、波乱に富んだエピソードで満ちています。十八歳で家督を継いですぐ、作者がここで紹介しているような事件に遭遇します。父親が犠牲になりましたが、その後は奥州の大名たちを次々と従えてゆき、奥州随一の勢力を築き上げました。

しかし時代は既に、豊臣秀吉が天下統一を果たさんとする時でした。政宗は、秀吉と戦うか否かで悩みますが、意を決し小田原に出陣した秀吉の前に参上し、恭順を誓いました。しかしその後も様々な権謀に関わり、危ない橋を渡っています。

それでも政宗の魅力が色褪せないのは、その行動がとびきり派手で明るい印象を持たせるからなのでしょう。文禄の役の際には、派手な衣装をまとった伊達軍に、京都の人々は目を見張ったといいます。以来、派手な着こなしを「伊達者《だてもの》」と呼ぶようになりました。

また秀吉に一揆を先導したという嫌疑をかけられた際には、真っ白な死装束をまとい黄金の十字架を担いで出向いたと伝えられます。その派手すぎるパフォーマンスには、さすがの秀吉も苦笑せざるを得なかったでしょう。

とはいえ、政宗はパフォーマンスだけの武将というわけではなく、領国経営もしっかりと行っていました。特に北上川流域を開拓することによって、宮城に豊かな穀倉地帯を出現させており、その恩恵は現在まで続いています。

死後、政宗は仙台市青葉区にある瑞鳳殿に祀られました。また明治になると、同じ青葉区の青葉神社にも祀られました。そして仙台城本丸跡にゆけば、颯爽と馬にまたがる政宗像に会うこともできます。

仙台城にある伊達政宗騎馬像。政宗の絵や彫刻は、遺言によって、すべて双眼につくるように命じられている。

菊池寛

（きくち　かん）1888～1948

香川県生まれの小説家・劇作家。1910年に入学した第一高等学校（現在の東京大学）では、芥川龍之介、久米正雄らが同級だった。その後、京都帝国大学（現在の京都大学）英文科に入り、芥川らがおこした第3次『新思潮』の同人になる。1923年、雑誌『文藝春秋』創刊。1926年に文藝家協会を組織し、1935年には芥川賞・直木賞を設立した。

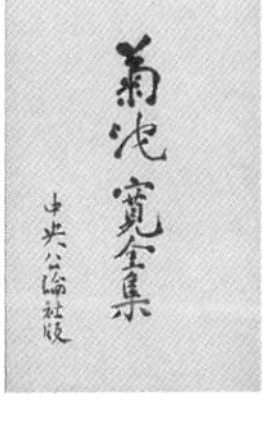

『菊池寛全集 第十五巻』
中央公論社／1938年

侍

遠藤周作

雪が降った。

夕暮、雲の割れ目からうす陽を石ころだらけの川原に注いでいた空が暗くなると、突然、静かになった。雪が二片《ひら》、三片、舞ってきた。

雪は木を切っている侍と下男たちの野良着をかすめ、はかない命を訴えるように彼らの顔や手にふれては消えた。しかし人間たちが黙々と鉈《なた》を動かしていると、もう無視するように周りを駆けまわりはじめた。雪とまじりあって夕靄《ゆうもや》がひろがり、視界は一面に灰色となった。やがて侍と下男たちは仕事をやめて木の束を背負った。間もなく訪れる冬に備えて薪をつくるのである。蟻《あり》のように一列になり、川原にそって谷戸《やと》に戻る彼らの額にも雪がふれた。

枯れた丘陵にかこまれた谷戸の奥に三つの村がある。村のいずれの家も丘を背に、前を畠にしているが、それは見知らぬ者が谷戸に入ってきた時、家から窺《うかが》うことができるためである。押しつぶされたように並んだ藁《わら》ぶきの家は、天井に竹で編んだ簀《す》の子を張り、そこに薪や茅を干している。家畜小屋のように臭く、暗い。

侍は三つの村のことを知りつくしていた。父の代に殿からこの村とこの土地とを給地として与えられたからである。今は総領となった彼は公役の命令がくれば百姓たちの何人かを集め、万が一、戦《いくさ》がはじまれば供をつれて寄親《よりおや》の石田さまの館まで駆けつけねばならぬ。

彼の家形《やかた》は百姓たちの住む家よりはまだ良かったが、それでも藁ぶきの建物を幾つか集めたものにすぎぬ。百姓の家とちがうのは、幾つかの納屋や大きな馬小屋があり、周囲に土塁をめぐらしていることである。土塁をめぐらしても、もちろん家形は戦うための場所ではなかった。谷戸の北方の山に、むかし、この土地を支配して殿に滅ぼされた地侍の砦《とりで》の跡があったが、日本中の戦が終り、殿が陸奥《みちのく》一の大名となられた今は、そんな備えも侍の一族には要らなくなった。その上、ここでは身分の上下はあっても、侍も畠で働き、下男たちと山で炭を焼く。彼の妻も女たちと牛馬の世話をする。三つの村から殿におさめる年貢は惣高、六十五貫、そのうち田からは六十貫、畠からは五貫出さねばならない。

雪は時折、吹雪《ふぶ》いた。侍と下男たちのつけた足跡が長い道に点々と染みをつけた。誰もが無駄口もたたかず、温和《おとな》しい牛のように歩いた。二本杉とよばれる小さな木橋まで来た時、侍は自分たちと同じように髪を雪で白くそめた与蔵が野仏のように立っているのを見た。

「分家さまのお出でなさりました」

侍はうなずくと肩から木の束をおろして与蔵の足もとにおいた。この土地の百姓と同じように彼の顔も、眼がくぼみ、頬骨がとび出て、土の臭いがした。百姓と同じように彼も口数が少なく、感情を外に出すことが少なかった。一族の総領であったが、彼は分家さまとよばれるこの年とった叔父が来るとやはり気が重くなる。父が死んだあと彼が長谷倉の本家をついだものの、なにごともこの叔父と談合してとり決めてきた。叔父は殿がなされた幾つかの戦いに父と一緒に出陣してきたのである。子供の頃、叔父が囲炉裏のそばで酒で顔を真赤にし、

「見い、六」

といって太腿にひきつった茶褐色の傷痕を見せてくれたことがある。それは葦名一族と殿とが磨上原《すりあげはら》で戦われた時に受けた弾痕で、叔父の自慢の種だった。だがその叔父もこの四、五年、めっきり弱り、時折、彼の家形にあらわれては酒を飲みながら、しきりに愚痴をこぼ

すようになった。愚痴をこぼしてから、傷ついた右脚をびっこの犬のようにひきずり、帰っていく。

下男たちを残し、侍は一人、家形までの坂路をのぼった。灰色の大きな空に雪片が動きまわり、母屋や納屋などの建物が黒い城塞のように浮びあがっている。馬小屋の前を通りすぎた時、藁と馬糞とのまじりあった臭いが鼻をつき、主人の足音に気づいた馬が床を蹴った。母屋の戸口までくると侍はたちどまって丁寧に野良着についた雪をはらって家に入った。正面の囲炉裏端で叔父がわるい右脚を投げだして火に手をかざし、十二歳になる長男がその傍に畏《かしこま》って坐っていた。

「六か」

囲炉裏の煙にむせたのか、拳を口にあてて咳きこみながら叔父は侍をよんだ。長男の勘三郎は父の姿を見ると救われたように一礼して厨《くりや》のほうに逃げていった。煙は自在鉤《かぎ》にそって煤《すす》でよごれた天井にたちのぼっていく。父の代も彼の代もすすけたこの囲炉裏端がさまざまのことを決める談合の場所となり、村人の争いを裁くとり決めの場所となった。

「布沢《ぬのざわ》に行き、石田さまにお目にかかった」

叔父はまた少し咳きこんで、

「石田さまは、黒川の土地のことでな、城中からまだ何の御返事もないと言われておった」

侍は無言のまま傍につみ重ねてある囲炉裏の枯枝を折った。その鈍い音を耳にしながら、叔父のいつもながらの愚痴に耐えていた。黙っているのは、彼が何も感じず、何も考えないからではなかった。土の臭いのするその顔に感情を出すのに馴れていないからだったし、人に逆らうのが嫌いだったからでもある。だがそれよりも、いつもながら、過ぎ去った出来事にしがみついている叔父の話はやはり彼の心には重かった。

十一年前、あたらしい城郭と町とを作られ、知行割《ちぎょうわり》を行われた殿は、侍の家に、先祖代々住みなれた黒川の土地のかわりにこの谷戸と三つの村とを与えられた。むかしの所領地より貧しい荒地に移されたのは荒蕪地《こうぶち》の開発という殿の御方針だったが、侍の父はその理由を自分勝手に考えていた。関白秀吉公が殿を帰順させられた時、その仕置きに不満を持った連中が、葛西《かさい》、大崎の一族を中心に反乱を起したが、遠縁にあたるものでそれに加わった何人かがいた。そして自分が戦に敗れた彼らをかくまい逃がしたため、殿はそれを憶えておられて、このような荒野を黒川の土地のかわりに与えられたのかもしれない。そう父は思ったのである。

放りこんだ枯枝はこの仕打ちにたいする父や叔父の不平や不満のように囲炉裏のなかで音をたてた。厨の戸をあけ、妻のりくが酒と乾槲《ひかしわ》にした朴《ほお》の葉に味噌をのせて二人の前にそっとおいた。彼女は叔父の表情と無言で枯枝を折りつづける夫とを見て、今夜も何が話題になったかを感じたようである。

「なあ、りく」

と叔父は彼女をふりむいて、

「これからもな、この野谷地に住まわねばならぬ」

野谷地とは土地の言葉で見棄てられた荒野を指した。石だらけの川が流れ、わずかな稲麦のほかは蕎麦《そば》と稗《ひえ》と大根しかとれぬ畠。ここはその上、ほかの在所より冬の来るのが早く、寒さもきびしい。やがてこの谷戸は丘も林もふかぶかと純白の雪に埋まり、人間は暗い家のなかで息をひそめ、風のすれあう音を、長い夜、耳にして春を待たねばならぬ。

「戦があればのう。戦さえあれば、功をたてて加増もあるものを」

痩せた膝をしきりにさすりながら叔父は同じ愚痴をこぼしつづける。だが殿が戦であけくれておられた時代はもう終っている。西国はともかく、東国は徳川さまの勢威に服し、殿のように陸奥一の大名でさえも勝手気儘《きまま》に兵を動かすことのできぬ時なのだ。

侍と妻とは枯枝を折り、やり場のない不満を酒と独り言とおのれの手柄話とでまぎらわす叔父の話をいつまでも聞いている。その手柄話も愚痴も、もう幾度となく耳にしたものだが、それはこの老人だけが生きるために食べている黴《かび》のはえた食物のようだった。

真夜中ちかく二人の下男に叔父を送らせた。戸をあけると、珍しく月の光にそまった雲の割れ目が出て、雪はやんでいる。叔父の姿が見えなくなるまで犬が吠えた。


谷戸では戦よりも飢饉が怖れられている。むかしここを襲った冷害をなまなましく憶えている老人たちがまだ生きていた。

その年の冬は奇妙なほど暖かく、春のような気配が続き、北西にある山がいつも霞《かす》んではっきりと見えなかったという。だが春が終り梅雨の季節が来ると雨も長く、夏が来ても朝晩は裸ではいられぬほど冷えびえとした毎日だった。畠の苗は一向に生長せず、枯れるものが多かった。

食べ物がなくなった。谷戸の村人たちは山からとった葛根《くずね》や、馬の飼料である糠《ぬか》や藁や豆がらも食べた。それも無くなると、何よりも大事な馬を殺し、飼犬を殺し、樹皮や雑草で飢えをしのいだ。すべてを食べ尽したあと、親子も夫婦も別れ別れに食べ物を求めて村を棄てた。飢えて道に倒れる者があっても、肉親、縁者さえ世話もできずに見棄てていった。やがてその死体を野犬や烏《からす》が食い散らした。

侍の家がここを知行地にしてからは、さすがにそんな飢饉はなかったが、父は村の家々に橡《とち》や楢《なら》の実、穂からおろしたままの稗の実を叺《かます》に入れさせ、梁《はり》の上に貯蔵するように命じた。今、侍はどんな家にも保存してあるこの叺を見るたび、一本気な叔父よりも、もっと賢かった父親の温和しい顔を思いだす。

だが、その父さえ、

「黒川ならば、凶年が来ても凌《しの》げるものを……」

と地味の肥えた先祖伝来の土地を懐かしんだ。あそこは手入れさえすれば、麦の豊かにとれる平野がある。だがこの野谷地では、蕎麦、稗、大根がおもな作物で、その作物も毎日食べるわけにはいかぬ。年貢を殿におさめねばならぬからである。侍の家でも大根の葉を麦や稗の飯に入れたものを口にする日があった。百姓たちは、野びる、浅つきなども食べているのである。

だが侍は父や叔父の愚痴にもかかわらず、この野谷地が嫌いではなかった。ここは父が死んでから彼が一族の総領としてはじめて治める土地だったが、彼と同じように眼がくぼみ、頬骨が突き出た百姓たちは黙々として早朝から夜がくるまで牛のように働き、喧嘩も争いもしなかった。地味のうすい田畠を耕し、自分たちの食べ物を減らしても年貢は遅れずに出した。そんな百姓と話をしている時、侍は身分の違いを忘れ、自分と彼らとを結びつけているものを感じる。自分のただ一つの取柄は忍耐づよいことだと考えていたが、百姓たちは彼よりも、もっと従順で我慢づよかった。

時折、侍は長男の勘三郎をつれて家形の北方にある丘陵に登ることがあった。かつてここを支配していた地侍が築いた砦の跡が雑草に埋もれて残り、灌木にかくれた空濠《からぼり》や枯葉をかぶった土塁からは、時折、焼米やこわれた茶碗の出てくることもある。風のふく山の上からは谷戸と集落とが見おろせる。悲しいほどあわれな土地。押し潰《つぶ》されたような村。

(ここが……わしの土地だ)

侍は心のなかでそう呟く。もう戦がないならば自分は父と同じように、生涯、ここで生きるだろう。自分が死んだあとは長男も総領として、同じ生き方をくりかえすのだろう。ここから自分たち親子は一生、離れることはないのだ。

『侍』より　抜粋

解説

子どもの頃カトリックの洗礼を受けた作者は、「キリスト教と日本人」をテーマにした様々な作品を書き上げました。中でも『沈黙』『深い河』、そして本作は、その代表作といえるでしょう。

「六」と呼ばれる本作の主人公「侍」は、東北地方にある藩に仕える下級武士。正しくは長谷倉六右衛門という名です。本書では、領地の寒村で「生涯、ここで生きるだろう」と思うところで終わっていますが、この後に彼の運命は劇的に変わります。

ローマ教皇へ親書を渡すように――そう藩主から命令を受け、宣教師ベラスコと共に海を渡ることになるのです。

長谷倉という姓からも判るように、この主人公のモデルは支倉常長。伊達政宗に仕えた武将で、仙台城址でその銅像を見ることもできます。政宗は、スペイン人宣教師であるルイス・ソテロを正使に、常長らを遣欧使節団として送り出したのです。その主目的は、メキシコとの交易を行うことにありました。

常長一行は、伊達藩で造られたガレオン船「サン・ファン・バウティスタ号」で、牡鹿半島にある月ノ浦(現在の石巻市)から出航します。太平洋を横断し、メキシコ経由でさらに大西洋を横断。一年以上の歳月をかけ、スペインに到着しました。国王フェリペ三世との謁見を果たすと、ローマに向かい教皇にも拝謁します。

その後スペインに戻って交渉を重ねながら過ごし、漸く日本に戻ったのは出航から七年近くを経た後のことでした。しかし時代は移ろい、日本では既に禁教令が布かれていたのです。スペインで洗礼を受けていた常長は、失意のうちに亡くなります。

一方、作品中の主人公には、キリスト教徒であることを理由に、処刑という運命が待ち構えていました。日本人にとってキリスト教とは、そして信仰とは何であるのか。作者が生涯をかけて追求した深いテーマが、そこに流れています。

復元された慶長遣欧使節船「サン・ファン・バウティスタ号」。

遠藤周作

（えんどう　しゅうさく）1923～1996

東京都生まれの小説家。幼少時を満州で過ごすが、両親が離婚したため、母とともに帰国。カトリック信者の伯母の影響により12歳で洗礼を受け、このことが生涯の文学テーマとなる。戦後、フランス留学を経て小説執筆を開始。『海と毒薬』『沈黙』『深い河』などの作品を生んだ。1995年、文化勲章を受章。

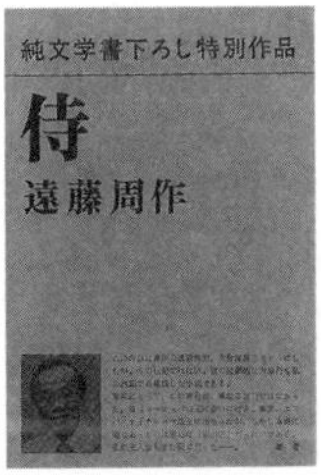

『侍』
新潮社／1980年

監修者あとがき

仙台文学館

東北地方というと、多くの方々は、豪雪に囲まれ辛抱強く春を待つというイメージを抱かれることでしょう。確かに宮城県も、蔵王や多くの温泉を有する西部地域では、降雪量が多く、厳しい自然とともに生きる人々の姿があります。その一方で、仙台や松島といった東部・沿岸地域は、他県に比べて温暖で降雪量が少なく、夏も酷暑になることはあまりありません。東北地方最大の面積がある仙台平野は、そのような恵まれた気象条件と先人の努力によって、東北一の豊かさを誇る伊達六十二万石の礎の豊かな穀倉地帯となりました。

また、黒潮と親潮がぶつかる三陸沖は「世界三大漁場」の一つとされ、気仙沼・石巻・塩竈といった名だたる漁港が古くから栄えてきました。

宮城県はこれらの豊かな山の幸、海の幸に恵まれただけではなく、いにしえの時代から都人の憧憬をあつめた歌枕の地でもありました。みちのくの風光は、中世の西行や近世の松尾芭蕉を、近代にいたっては島崎藤村をはじめとする多くの文学者を誘い、豊かな自然に抱かれた人の営みや心の動きを描き出させました。

さらに、東北の中心都市・仙台には、明治の早い時期から多くの高等教育機関が設立され、全国から俊英が集まりました。彼らは、青春を謳歌し、時に煩悶しながら自らをはぐくんでいきました。人をはぐくむという大きな役割がこの地にはあり、これにより新たな文学が生まれたのも宮城県の特徴の一つといえるかもしれません。

現在でも宮城ゆかりの作家たちが新たな作品を生み続け、多くの人々の心を掴み続けています。

自然の脅威にさらされ不安や恐怖の中にあっても、人間は人の温もりを感じながら営々と生きてきました。本書によって、厳しくも美しい自然と温かな風土とに磨かれた、ふるさと宮城の「文学の幸」を堪能していただけることと思います。また、表面的な郷愁にとどまらない宮城県の奥深い魅力と文学をはぐくむ懐の深さをも感じていただけるのではないかと思います。

最後になりましたが、この本に快く作品の掲載をお許しいただいたご関係の皆さま、大和書房、オフィス３０３に厚く御礼を申し上げます。

監修●**仙台文学館**（せんだいぶんがくかん）

1999年3月開館。館長は歌人の小池光。初代館長は井上ひさしが務めていた。土井晩翠などの明治以降の近代文学者から、現在活躍中の作家まで、さまざまな仙台・宮城ゆかりの文学者に関する作品や資料を収集・展示しており、宮城の近代文学の全体像が分かる。常設展示の他に、ユニークなテーマによる特別・企画展示も精力的に行われている。

解説●**久保田裕道**（くぼた　ひろみち）

1966年、千葉県生まれ。國學院大學大学院博士課程後期文学研究科修了。博士（文学）。民俗学者。國學院大學兼任講師。儀礼文化学会事務局長、民俗芸能学会理事。主な著書に『「日本の神さま」おもしろ小事典』（PHPエディターズ・グループ）、共著に『心をそだてる子ども歳時記12か月』（講談社）『ひなちゃんの歳時記』（産経新聞出版）などがある。

写真●**平間 至**（ひらま　いたる）

1963年、宮城県塩竈市生まれ。写真家。日本大学芸術学部写真学科を卒業後、写真家イジマカオルに師事。躍動感のある人物撮影や、写真から音楽が聞こえてくるような作品により、多くのミュージシャン撮影を手掛ける。近年では舞踊家の田中泯 氏の「-場踊り-」シリーズをライフワークとし、世界との一体感を感じさせるような作品制作を追求している。2008年京都造形芸術大学・客員教授に就任、2011年日本大学芸術学部・非常勤講師に就任する等、後進の育成にも力を入れている。

●作品一覧

カバー・p.2・p.8・p.28・p.84・p.105・p.128・p.150・p.184

以上、本人所蔵

写真協力（五十音順・敬称略）

● 青根温泉 じゃっぽの湯(p.109)
● 朝日新聞社(p.17・49・54・70・82・109・114・125・134・160・175・182・191・203)
● 蔵王町観光協会(p.175・182)　●佐々木隆二(p.44)
● 仙台市観光交流課(p.49・54・82・191)
● 仙台市戦災復興記念館、仙台市博物館(p.25)
● 仙台文学館(p.44・97・101)　●館林市教育委員会(p.120)
● 西田耕三(p.92)　●日本不動産(p.17)　● 松島観光協会(p.140)
● 宮城県教育庁文化財保護課(p.147)
● 宮城県慶長使節船ミュージアム(p.203)

● 表記に関する注意

本書に収録した作品の中には、今日の観点からは、差別的表現と感じられ得る箇所がありますが、作品の文学性および芸術性を鑑み、原文どおりといたしました。また、文章中の仮名遣いに関しては、新漢字および新仮名遣いになおし、編集部の判断で、新たにルビを付与している箇所もあります。さらに、見出し等は割愛しています。

ふるさと文学《ぶんがく》さんぽ　宮城《みやぎ》

二〇一二年七月一〇日　初版発行

監修　仙台文学館《せんだいぶんがくかん》
発行者　佐藤 靖
発行所　大和《だいわ》書房
〒一一二-〇〇一四
東京都文京区関口一-三三-四
電話　〇三-三二〇三-四五一一
振替　〇〇一六〇-九-六四二二七

ブックデザイン　ミルキィ・イソベ（ステュディオ・パラボリカ）
明光院花音（ステュディオ・パラボリカ）
編集　オフィス303
校正　聚珍社
本文印刷　信毎書籍印刷
カバー印刷　歩プロセス
製本所　ナショナル製本

ISBN 978-4-479-86202-4

http://www.daiwashobo.co.jp/